Le Livre de Poche Jeunesse

Erwan Le Bihan

Erwan Le Bihan est originaire de Brest. Il vit et travaille à Arles. Il est traducteur du suédois d'ouvrages de littérature générale. *Requiem pour un joueur* est son premier roman.

ERWAN LE BIHAN

Requiem pour un joueur

« …quand on est raisonnable, le cœur de marbre, froid et surhumainement prudent, alors on peut à coup sûr, sans l'ombre d'un doute, gagner tout ce qu'on veut. »

Fédor Dostoïevski, Lettre à sa femme, 18 mai 1867.

AOÛT

J'avance d'un pas, sors de la pénombre, me rapproche de la vitre pour admirer le reflet que me renvoie le verre teinté, visage fraîchement rasé, toison brune, drue, parsemée de quelques cheveux gris, rares, épars, traits à peine marqués, malgré la quarantaine dépassée, costume-cravate rétro, coupe slim, coton stretch, agencement subtil des tons, distinction, élégance. Je pousse le regard plus loin. De derrière la vitre, dans la lumière matinale, je domine une place balayée par des courants d'air, un tourbillon têtu qui file entre les parois de verre, fait tinter les amarres du mobilier urbain comme les drisses de voiliers à quai. L'esplanade devant la banque prend des allures de boule à facettes géante, fines variations chromatiques sur les dalles opalines, reflets d'une myriade de fenêtres alentour, mer d'huile scintillant sous le blanc strié du ciel. De mon promontoire, j'observe le va-et-vient des employés sur le parvis, les retardataires qui défient la pesanteur, glissent sur l'asphalte, allongent le pas, plongent vers le sas d'entrée, avant que les allées et venues dans les travées, sous les arcades métalliques, ne s'espacent. Depuis quelques années, j'ai pris l'habitude de savourer ces longues minutes contemplatives avant d'ouvrir un quelconque dossier.

Debout derrière la vitre, immobile, le regard perdu au loin, je pense à mon plan de carrière, au bureau que je convoite à l'étage supérieur, l'aile sud du siège de la banque, panorama splendide sur la banlieue à perte de vue. Surface doublée, deux grandes baies vitrées et un fauteuil Standing Futura en cuir noir, doté d'accoudoirs, occupé pour quelques mois encore par un futur retraité, l'adjoint à la direction des ressources humaines. Si tout se déroule comme je l'entends, j'emménagerai là-haut avant la fin de l'année. Et je me demande si tout ça va me manquer, si je regretterai de ne plus pouvoir observer les déambulations en bas sur l'esplanade, foulées empressées, pas engourdis, brusques vertiges, projections évanescentes à la surface des fontaines en béton, visages saisis dans leur férocité ou dans leur peur.

Mes pensées se focalisent ensuite sur un dénommé Patrice Dauvergne, le responsable du recrutement, un intrigant qui a l'audace de briguer le poste, qui manifeste le désir de s'asseoir dans le fauteuil Standing Futura en cuir noir que j'estime me revenir de droit. La direction générale hésite, tergiverse et je m'impatiente.

Ma première confrontation avec Dauvergne, il y a dix ans, a viré au cauchemar. À l'époque, j'étais pressenti pour occuper le poste de responsable des entretiens professionnels. Je travaillais dans une succursale de la Seine-Saint-Denis. J'étais recommandé par le directeur de l'agence. Dauvergne m'a reçu au siège dans le cadre d'un entretien de promotion interne. Persuadé que le poste ne pouvait m'échapper, je suis arrivé au rendez-vous confiant. Trop confiant au goût de Dauvergne. Qui a pris mon assurance pour de l'arrogance. Ce qui aurait dû être un simple entretien de motivation s'est transformé en parcours du combattant. Dauvergne m'a cuisiné. Il a déroulé une batterie de tests à ce point démesurée que je me suis demandé si certains des questionnaires n'avaient pas été conçus le jour même, dans le seul but de me mettre au supplice. Après cinq heures de harcèlement psychologique, Dauvergne a émis un avis négatif. Le test de graphologie n'a pas joué en ma faveur. Je me suis résigné à le passer sans lui accorder davantage de crédit qu'à une enquête astrologique dans un magazine. Les résultats ont ébauché le portrait d'un jeune homme immature, émotif, psychologiquement instable, impulsif. En rentrant à la succursale, je me suis plaint des pratiques de Dauvergne. Le directeur de l'agence a insisté auprès de Paul Nox, le directeur des ressources humaines, pour que je sois tout de même promu. Depuis, je nourris une haine viscérale pour Dauvergne. Et comme il n'est pas facile d'aimer les gens qui vous haïssent, Dauvergne me le rend bien.

Quand je réfléchis à cette aversion, à sa dimension instinctive, j'y flaire une tension liée à nos origines sociales. Dauvergne est issu d'un milieu aisé. Il a grandi dans la banlieue boisée à l'ouest de Paris. J'ai poussé dans les coulées semées de béton, loin du périphérique, au nord-est de la capitale. Dès nos premiers échanges, les différences se sont exprimées. Les choix vestimentaires, la manière de porter le corps ou d'articuler les mots les plus courants. Notre mise en présence physique a stimulé les réponses primaires, les réflexes de classes. Les poils des bras se sont hérissés. Postures figées, crispations. Les voix ont perdu des tonalités. Deux spécimens issus de mondes compossibles, conciliables mais qui, pour coexister, demandent de la prévenance, de la vigilance. Des efforts d'adaptation, de traduction des codes.

*

J'éteins l'ordinateur, m'étire, tente vainement de contenir un bâillement. Au loin, le soleil s'enfonce dans Paris, la grosse boule rouge avalée par le nuage poisseux, l'épais rideau d'azote qui monte de la ville les jours de grande chaleur. Je glisse l'ordinateur portable dans la sacoche, enfile ma veste et m'apprête à quitter le bureau quand mon regard est de nouveau attiré par le reflet dans la vitre. Le spectacle se révèle moins réjouissant qu'il ne l'était ce matin, le front est plissé, les pommettes s'affaissent, les orbites autour des yeux se sont creusées, les joues, les paupières, le menton, tout le visage paraît empesé. Absorbé dans la contemplation des ravages d'une journée de travail, je ne perçois pas le glissement s'opérer, l'attention se détourner. Je me surprends à penser à cette photocopie que je garde soigneusement pliée dans mon portefeuille. J'y pense soudain avec une acuité que je ne m'explique pas.

Je me dirige vers les ascenseurs à travers les couloirs déserts. Je passe aux lavabos, y rince ma tasse à café et m'asperge le visage d'eau fraîche. En actionnant le souffleur d'air, je pense encore à la photocopie du récépissé de Loto sportif, au point que je suis maintenant incapable de me concentrer sur autre chose.

La rame de métro est bondée. La chaleur, accrue par la promiscuité, devient insupportable. Le rouleau compresseur des heures de pointe, refrain de l'impitoyable rengaine. Un grand type aux allures nordiques, coiffé d'un casque audio décoré d'une tête de mort stylisée, balance la tête en rythme. Le son du lecteur MP3 grésille à mon oreille. Je reconnais les petites phrases musicales de Massive Attack. Au prix d'efforts surhumains, j'extirpe mon portefeuille de la poche intérieure de ma veste. Je contemple longuement la photocopie, celle du ticket de Loto, avec ses signes ésotériques imprimés au recto, des 1, des N ou des 2 en face du nom des clubs de football. Je relève un instant la tête. De l'autre côté de la rame, une brune élancée, avec un joli tatouage en forme de hérisson dans le cou, m'offre un sourire avenant. Mais je reste de marbre. Mon esprit est ailleurs. Pourquoi ce ticket m'obsède-t-il à ce point ? Pourquoi cette pensée est-elle associée à une excitation dont je suis incapable de déterminer la nature ?

Avant le déjeuner, j'ai retrouvé cette copie de ticket dans mon portefeuille. Essayant d'en déterminer la provenance, je me suis revu la veille, au sortir du métro, marchant à l'ombre des colosses haussmanniens du boulevard, quand soudain j'ai entendu des voix me héler de l'intérieur d'un bar, le « Balto ». Je suis entré saluer de vieux amis de lycée, Pierre et Manolo, perdus de vue depuis belle lurette. Ils se sont installés récemment dans le quartier, un squat ouvert dans un immeuble désaffecté, à quelques blocs à peine de mon appartement. J'ai bu quelques bières en leur compagnie avant que Patrick, le barman, ne nous entreprenne. Chemise hawaïenne à fleurs, avec des airs de mafioso du dimanche, il nous a proposé de participer à un Loto sportif. Pierre et Manolo ont décliné. Sous l'effet d'une impulsion dont je ne distingue plus très bien les contours, j'ai accepté de participer. J'ai glissé à Patrick un billet de vingt euros et il m'a confié la photocopie de nos mises.

Ce midi, j'ai lancé le moteur de recherche sur la piste football, en quête des résultats des matchs sur lesquels nous avions parié. Les algorithmes de Google se sont montrés familiers de ce genre de sollicitation. Des temps de réponse prodigieux. J'ai senti le trac en ouvrant la page vers laquelle je venais d'être routé. La décharge d'adrénaline n'a pas duré longtemps. Je n'avais que douze résultats de bon sur les quatorze nécessaires pour remporter le gros lot. Mais douze sur quatorze, j'ai trouvé ça encourageant. La page en question affichait aussi les rapports du premier rang. Pour un joueur qui a pronostiqué les quatorze bons résultats, les gains se chiffraient à deux cent cinquante mille euros.

Les portes de la rame tentent vainement de se refermer, bloquées par quelques passagers qui ont cru possible de compresser un peu plus les corps aux supplices d'un wagon déjà saturé. Impossible de chasser ces pensées obsédantes. Impossible de s'en défaire. Je dégage ma main d'entre deux ventres moites pour m'éponger le front. Les pensées se précisent, se clarifient, révèlent le motif des puissances qui me troublent. Je prends conscience qu'il aurait suffi de cocher quelques cases différemment, de noircir deux autres petits carrés sur le bulletin multicolore, pour rafler plusieurs centaines de milliers d'euros.

Les portes s'ouvrent brusquement. Je manque de tomber sur le quai. En me redressant, je suis rafraîchi par un courant d'air opportun qui balaie la station. Je range avec soin la copie du ticket dans mon portefeuille. En sortant dans la rue, je sens une tension dans la poche intérieure de ma veste, comme si le bout de papier du Loto se rappelait déjà à mon bon souvenir.

*

Derrière la vitre, dans la lumière vacillante – inflexions abruptes d'un ciel orageux – je me tiens debout, immobile, fidèle à mon poste d'observation matinal. Entre deux gorgées de café tiède, je scrute l'esplanade, ravale la bouffée d'angoisse que je sens poindre. Si le temps a passé, il m'est toujours difficile de plonger le regard d'un promontoire sans frémir, sans avoir à contenir les visions macabres qui m'assaillent. Étudiant, ma vie a été marquée par un séisme. Pendant les premières années de fac, j'ai partagé un appartement avec un peintre particulièrement doué, Thomas, qui m'initiait aux subtilités de son art. Enfant unique, j'avais trouvé là le grand frère secrètement désiré. Nous projetions tous deux de vivre de la peinture, nous nous imaginions en artistes reconnus, célèbres. La détermination, l'intransigeance, l'intégrité de Thomas me fascinaient.

Mais au fil du temps, je le sentais toujours plus affecté par le mépris affiché des galeristes, le refus systématique qu'on lui opposait lorsqu'il cherchait à exposer. Un matin de décembre, ouvrant la fenêtre de la chambre pour admirer les quelques flocons qui tombaient ce jour-là sur Paris, je me sentis défaillir en découvrant, cinq étages plus bas, une masse informe, corolle géante fraîchement éclose, auréolée de taches sombres, le corps de Thomas en effroyable joyau serti dans la neige maculée de sang.

Thomas s'est défenestré quelques jours avant l'anniversaire de ses vingt-cinq ans. Le suicide de mon colocataire et ami est à l'origine d'une déflagration dont je ressens encore aujourd'hui l'onde de choc.

Un peu avant neuf heures, je me mets au travail, m'attelle au dossier « synthèse des entretiens annuels ». Il me reste un peu plus d'une semaine avant la *dead line*. Mais je serai, d'ici là, contraint d'assister à des réunions interminables, prévues de longue date. J'imprime le tableau des corrélations où s'affiche la photographie du moral des salariés, résultats des entretiens annuels bientôt projetés sur un graphique, sorte d'étalon du climat social qui règne dans chacune des régions où se ramifie notre réseau d'agences. C'est le document qui suscite, entre tous, l'intérêt des directeurs régionaux mais aussi d'une grande partie des cadres et des employés. Les commentaires fusent lors de la convention annuelle, l'occasion trop belle de railler les collègues de la région d'à côté, de se laisser aller à quelques saillies de racisme ordinaire. Il faut donc en vérifier les données avec soin afin que les diagrammes ne soient pas sujets à caution. La concurrence entre les directions régionales est féroce. Elles constituent un tremplin idéal pour les postes de la direction générale.

J'ai du mal à me concentrer. Le tableau s'étale devant moi depuis une dizaine de minutes. Je n'ai pas rédigé une seule ligne d'analyse. Ce matin, les chiffres ne m'inspirent pas, une série de signes avec laquelle je ne me trouve aucune affinité. J'ouvre Google pour retourner sur le site de résultats sportifs découvert la veille. Des bannières publicitaires, sur la page d'accueil, m'intriguent.

Je passe les heures suivantes à explorer les sites des annonceurs de ces pages de résultats sportifs. Je suis routé vers des sites de jeux, plus précisément de paris. Une offre d'une profusion hallucinante. Au fil de mes pérégrinations, je découvre que je peux miser sur l'évolution minute par minute du CAC 40, mais aussi sur un match de badminton ou de cricket à l'autre bout du monde. Ou sur le nombre de buts que marquera une équipe de football entre la quinzième et la trentième minute du match qui se jouera ce soir. Je peux parier sur le nom des buteurs, mais aussi sur le fait qu'un joueur sera averti d'un carton jaune. Et sur la quantité finale de points d'un match de basket-ball, plus ou moins cent vingt points. Le champ semble infini. Ouvrir un compte sur un de ces sites est simplissime. Des bonus assurent le remboursement de la première mise en cas d'échec.

Je me remets au travail mais ne réussis pas à me concentrer longtemps. Je ne risque rien puisque mon pari sera remboursé en cas de perte. Je fais un dépôt de trente euros sur le site qui se targue d'être le N° 1 des sites de jeux. Je mise sur la victoire d'une équipe de football roumaine, *a priori* favorite. Je peux regarder le match en direct. Sur l'écran, une petite fenêtre en haut à droite, je suis l'évolution du score en Roumanie, un pays que je ne connais pas, dans un stade où je ne mettrai jamais les pieds. Et tout va pour le mieux. L'équipe favorite remporte le match. J'empoche quarante-cinq euros, ma mise initiale plus quinze de gain.

Je mise à nouveau, toute la somme. Cette fois en choisissant un pari combiné. Ce qui permet de multiplier les cotes et les gains potentiels. Mais aussi les risques de perdre. Si les résultats des trois matchs sur lesquels je viens de parier correspondent à mon pronostic, la mise sera multipliée par chacune des cotes. Mais il suffit qu'un des résultats s'avère différent du pronostic pour tout perdre. Je gagne cent quatre-vingts euros. Avant de quitter le bureau, je place tout ce que j'ai gagné sur un nouveau pari combiné. Sur le trajet du retour, je suis l'évolution des résultats à l'aide d'une application que je viens de télécharger. En sortant du métro, un match se termine. Le résultat ne correspond pas au pronostic. Je perds ce que j'avais gagné, plus ma mise de trente euros.

Je marche vers mon domicile dans un état second, grisé. La journée est passée à toute vitesse. Je n'ai pas senti l'ennui me gagner comme chaque jour après le déjeuner. Je n'ai pas non plus ressenti cette langueur vers dix-sept heures, répétitions, balbutiements et vertige. L'excitation provoquée par le jeu m'a électrisé. Le trajet du retour, ces bousculades dans les couloirs, ces mines renfrognées des heures de pointe, ne m'ont pas pesé autant qu'à l'ordinaire. Une ivresse aussi, dont je ne prends que lentement la mesure. J'ai bien sûr entendu parler des puissances d'Internet, des rapports à l'ubiquité. Mais je ne les avais jamais éprouvées, ressenties aussi intimement. Cette après-midi, j'étais au bureau et ailleurs, au seuil d'un entre-monde. Dans le courant d'une vie parallèle où l'espace et le temps auraient changé de nature. Où la longue ligne droite effilée se serait densifiée par endroits. Une excroissance qui me donne le sentiment d'une dimension supplémentaire. La découverte d'une porte dérobée vers un horizon qui s'étire au-delà des cloisons modulables où vient buter quotidiennement mon regard.

*

Le lendemain, je boucle un épineux dossier vers onze heures. Je remets à plus tard le chantier « synthèse des entretiens annuels » et profite du temps qu'il reste avant le déjeuner pour grimper jusqu'au bureau d'Éric, au cinquième étage. Éric travaille aux produits financiers. Avec Franck, à l'informatique, Éric est l'un des collègues que je fréquente en dehors du cadre professionnel. Rares entités attachantes dans un environnement indifférent ou hostile.

Avant de monter dans l'ascenseur, j'ai consulté les cours de la Bourse. Michelin a perdu 2 % et LVMH cinq. Ce qui se traduit par une perte globale de 3,8 % depuis le début de la semaine, dans un avachissement désastreux du CAC 40. Il y a six mois, Éric m'a recommandé quelques placements boursiers audacieux. Je regrette d'avoir suivi aveuglément ses conseils.

En arrivant au cinquième étage, je constate qu'il n'a pas l'air débordé. Les bras croisés derrière la tête, il se balance sur sa chaise les yeux fixés sur l'écran de l'ordinateur. Éric est originaire d'une petite ville du nord de la France. Installé à Paris, il a développé un soin tout particulier pour son apparence, avec un goût prononcé pour les vêtements de marque. Et ce n'est pas la première fois que je le prends à faire les boutiques en ligne pendant les heures de travail.

— Trop chère cette veste, escroc. Attends les soldes. Éric émerge de sa torpeur. Il agite les bras, cherche à quoi il pourrait se raccrocher. Il doit effectuer un savant mouvement du bassin pour éviter la chute.

— Tiens, tiens. Monsieur Richard Lenzini qui nous honore d'une visite. C'est moi que tu traites d'escroc ?

— Je me trompe ou il est tout pourri, le portefeuille d'actions que tu m'as fourgué ?

Éric désigne, avec un sourire en carton-pâte, un petit meuble en métal derrière la porte.

— Il y a un cahier, là, dans le tiroir, pour les doléances. Ça m'intéresse ce que pensent de nos produits les petits planqués des ressources humaines. Tu imaginais quoi ? Faire du 25 % annuel ? C'est la crise, mon pote.

— C'est moche, Éric. Abuser de la crédulité des gens, c'est ton métier. Mais arnaquer les amis, c'est… Allez, je joue *fair-play*. Si tu m'invites à manger ce midi, tu es pardonné.

J'esquisse un pas de côté pour éviter le projectile. La chaussure anglaise d'Éric vient s'écraser contre la porte que j'ai à peine eue le temps de refermer. C'est dans cette situation délicate que j'aperçois Stéphanie, l'assistante de Paul Nox. Les apparitions de la jeune femme, sa silhouette, le modelé de ses courbes aimantent les regards. Pas seulement des formes joliment dessinées. Une allure, la façon de poser les yeux, ses gestes, une harmonie avec les lois universelles de l'univers. De l'autre bout du couloir, elle s'avance vers moi dans un silence religieux. Même le photocopieur que l'on entendait dans le lointain s'est arrêté sur son passage. Hypnotisé par le chaloupé de ses hanches, je trouve à ces déplacements quelque chose de la grâce des petites anémones de mer. Vient l'envie de prendre langue avec elle, de l'interroger sur le sujet qui me préoccupe— je suis persuadé qu'elle en sait long sur l'avancée du dossier promotion. Mais je préfère éviter d'aborder frontalement le sujet, ne souhaitant pas manifester outre mesure mon impatience. D'autant que j'entrevois une possibilité de passer par la bande.

*

Une femme bleue sur fond jaune, nue, retournée, affublée d'une bouche pulpeuse greffée sur chaque sein. La tête de la femme est mystérieusement remplacée par un fer à repasser. En pivotant le regard, je peux lire *Orgasm Addict*, un jeu typographique astucieux, en haut à gauche de la pochette. Je rédige un message afin de négocier le prix de ce quarante-cinq tours rare des Buzzcocks, une occasion d'étoffer le rayon Manchester de ma discothèque, lorsque mon estomac, d'une précision mécanique, entame le couplet de la faim.

Je retrouve Éric dans un restaurant de poisson nouvellement installé à deux stations de métro du siège.

Le décor est à la hauteur des recommandations. En traversant la salle pour rejoindre le jardin, nous levons la tête vers une flopée d'araignées de mer en résine, arrimées au plafond. Surfant sur des vagues en trompe-l'œil, elles se frayent un chemin vers des filets de pêche tendus sur les murs. Le cri des mouettes et des goélands, en fond sonore, ajoute une touche résolue aux accents océaniques. Le frémissement du grand large dans la rengaine infiniment déroulée des blocs de bitume.

Côté gastronomie, c'est moins convaincant. J'ai commandé une escalope de thon sur écume de purée et m'échine à sauver un morceau de steak trop cuit qui sombre dans une bouillie de légumes. Je jette un coup d'œil vers l'assiette d'Éric. Une fricassée de lotte guère plus appétissante.

— Et tu y crois ?

— Je te répète ce que Franck m'a dit, c'est tout. Pourquoi il me raconterait des craques ?

Je secoue la tête, dubitatif. Éric est Docteur ès ragots, toujours à l'affût, attentif aux signaux invisibles de la vie des couloirs, confidences murmurées aux encoignures des bureaux, remous imperceptibles à la surface des échanges policés. Je le sais capable de déchiffrer n'importe quel code, verbal ou non, offert à sa sagacité dans le périmètre de la machine à café. Mais ce qu'il me rapporte là dépasse les limites de ma crédulité.

— C'est quand même un peu gros.

— Puisque je te le dis. Ils consultent un astrophysicien parce qu'ils ne comprennent plus rien aux formules de certains produits financiers qu'ils ont achetés.

— Un astrophysicien ? À la direction financière ?

— Crois-moi, si ça sort dans la presse, on est mal.

J'avais ouï dire que les cadors du service financier pouvaient jouer les apprentis sorciers mais je n'imaginais pas que nous ferions un jour partie de ces établissements bancaires qui ont perdu le contrôle de leurs actifs.

Les pales de l'hélice du brumisateur chassent un poids dans l'air, une masse étouffante qui revient inlassablement. Je consulte discrètement mon téléphone posé sur la table. La veille, au « Balto », j'ai parié sur la victoire d'un club de football russe, le Lokomotiv Moscou. Le match est commencé depuis une trentaine de minutes mais le score reste vierge. Éric enchaîne.

— Bah, astrophysicien ou pas, ça ne nous sauvera pas de la catastrophe.

Mes yeux s'arrondissent. Éric prend des airs de conjuré.

— Ce n'est peut-être pas pour demain mais ça finira par arriver. Et ça nous touchera tous forcément, au moins par ricochet.

Mon collègue jubile, ménage ses effets.

— La main invisible, tu en as entendu parler ?

— Vaguement, pourquoi ?

— Richard, tu as fait Science Éco, tu devrais savoir ça ! La main invisible dont parle Adam Smith !

— Tu te doutes bien que je n'allais pas à tous les cours.

— La main invisible qui régule les marchés. Adam Smith explique que Dieu a disposé les choses pour qu'en suivant notre intérêt particulier nous soyons conduits, « comme par une main invisible », à promouvoir l'intérêt général. Bref, si le marché opère sans entrave, tout va bien. La Divine Providence s'occupe du reste. Pour résumer, c'est Dieu qui régule le marché, c'est sur Lui que repose notre système économique.

— Et alors ?

— Et alors ? Eh bien j'ai une mauvaise nouvelle ! On est foutus. Parce que Dieu est mort !

Je souris intérieurement. Je connais le goût de mon ami pour la provocation et les théories fumeuses. Des bravades qui s'accommodent au mieux de ses costumes chics et de ses chaussures à huit cents euros la paire. Et puis, interventions divines ou pas, il n'y a rien là de bien nouveau. Inutile d'être devin pour comprendre que la financiarisation de l'économie mènera la planète au chaos.

— Mais c'est tout sauf un scoop ça ! Des siècles qu'on sait que Dieu est mort.

— Que tu crois, mon ami. Parce qu'on est loin d'en avoir tiré les conséquences.

Je digère la dernière tirade d'Éric en silence. Puis j'observe mon collègue, le regard implorant.

— Rassure-moi. Ce n'est pas ça, l'information super importante dont tu voulais me parler ?

Éric émerge de ses rêveries. Ses yeux pétillent. Il prend son temps, ce qu'il faut à quelques gros blocs d'indiscrétion pour se cristalliser. Puis savoure chaque mot qu'il prononce.

— J'ai cuisiné Stéphanie ce matin. Savamment, patiemment. Et bien je crois que tu tiens la corde ! Tu es le chouchou, le petit préféré de Paul Nox, il va soutenir ta candidature.

D'un geste auguste, Éric sort sa carte bancaire et fait signe au serveur.

Je me réjouis. Les rumeurs concernant le ralliement du directeur des ressources humaines à la cause de Patrice Dauvergne n'étaient pas fondées. Je m'imagine dans quelques années prendre la succession de Paul Nox. Je serai alors à la tête d'un service de plus de vingt-cinq collaborateurs. Avec, à la clé, une augmentation de salaire conséquente. Je consulte à nouveau mon téléphone, le Lokomotiv Moscou mène deux à zéro. J'exulte, je suis en passe de réaliser un gain net de cinquante euros.

Comme le serveur tarde à se déplacer, Éric se lève et se dirige vers le comptoir. Avant de disparaître, il se retourne vers moi.

— Au fait, ne t'en fais pas pour ton petit portefeuille d'actions. Sois patient. Fais-moi confiance. D'ici cinq ou six mois, tu devrais gagner quelques centaines de billets. Au pire, tu récupéreras ta mise.

— Si la banque n'a pas déposé le bilan d'ici là !

En attendant le retour d'Éric, avant de quitter les lieux, je m'attarde devant un cadre que je n'avais pas remarqué en entrant. En face d'une reproduction du *Bleu Moby Dick* de Jackson Pollock, j'admire un photogramme où l'on voit un Gregory Peck barbu chevauchant, en amazone, la baleine blanche. Le capitaine Achab entortille l'animal à l'aide d'un cordage, cuisinier mégalo s'ingéniant à ficeler un gigantesque rôti. À cet instant, Achab ignore que cette corde, bientôt coincée autour de son cou, l'entraînera vers les profondeurs. Je suis impressionné par la lueur de folie dans les yeux du vieux marin.

SEPTEMBRE

Je me lève, réveillé par le chahut des oiseaux, et me dirige vers la fenêtre. J'écarte les rideaux : au-dehors, dans la cour, le piège des corneilles se referme. Un des grands oiseaux noirs s'est posté sur le toit de l'immeuble, en face. Son acolyte se pose sur les pavés, près du porche. J'ai souvent observé leur manège du haut du balcon. La corneille rabatteuse sautille. Elle se rapproche des pigeons au milieu de la cour. Quand la corneille au sol est assez proche, les pigeons effrayés s'envolent en désordre pour le plus grand bonheur de la corneille perchée. Elle prend son envol, fond sur l'un des pigeons et bloque sa fuite d'un coup de bec. Le pigeon éventré s'écrase quelques mètres plus bas, rebondit en contorsions désarticulées, ultimes décharges nerveuses. J'assiste au dernier assaut des corneilles. La scène me dégoûte. Pour autant, je ne détourne pas le regard. Elles grimpent tour à tour sur le petit corps agonisant, fouillent de leur bec, de leurs serres sous les plumes, dans la chair frémissante. Les deux prédateurs en costume noir se partagent ensuite leur proie au fond de la cour.

Je suis distrait de mes observations ornithologiques par le claquement de la porte d'entrée. En passant, Karine me décoche un regard que je préfère ne pas soutenir.

Je m'écarte de la fenêtre, laissant les corneilles à leur festin. Je jette un œil vers la cuisine. La tension est palpable. Le couloir qui me sépare de Karine m'apparaît soudain comme un ravin dissimulé sous une infime couche de mousse.

— Ça va, mon cœur ?

— Tu aurais pu au moins me répondre !

— Répondre à quoi, ma chérie ?

Silence. Je dégaine mon téléphone. Un texto non lu. Heure de réception : 20 h 49. « Tu rentres dîner à quelle heure ? » Le journal des communications est confondant. Trois appels manqués de Karine dans la soirée. Je me rappelle avoir posé ma veste sur une chaise. Ensuite, j'ai passé le plus clair de mon temps debout, au comptoir du « Balto ». Le niveau sonore des conversations dans le bar était tel que je n'ai rien pu entendre. J'ai parié sur quelques matchs et suivi l'évolution des scores en direct. Le suspense m'a absorbé et tout le reste a sombré dans le brouhaha compact. Je n'ai pas vu le temps passer, ni le nombre de mes consommations augmenter. Plus tard, Pierre et Manolo m'ont rejoint et nous avons déroulé une fois de plus nos souvenirs de lycéens rebelles.

Je ne suis pas long à reconstituer le reste du puzzle. Karine a choisi de ne pas travailler ce samedi-là. Elle a confié la garde des enfants à ses parents pour le week-end. J'ai manqué à l'appel alors que tout était organisé pour les retrouvailles amoureuses.

Quelque chose dans l'appartement remue sans se déplacer, semble tourner dans l'air sans vouloir s'arrêter.

— Je n'avais pas vu ton SMS, je crois que j'ai vraiment des problèmes de réseau en ce moment.

Toujours pas de réponse. Il faut aviser. Détourner l'attention. Se rendre utile. Un rapide coup d'œil dans la cuisine confirme mon intuition. Karine n'a pas eu le courage d'aller jusqu'à la boulangerie, de sacrifier au rituel de la queue. Le samedi matin, elle peut s'étirer d'un bout à l'autre de la rue. J'enfile rapidement un jean, choisis, dans la penderie, une chemise vintage à rayures qui n'est pas à mon goût, que je ne porte jamais. Mais c'est un cadeau de Karine et le temps est au compromis.

— Je vais chercher du pain, ma chérie. J'espère rentrer avant la nuit.

Bien qu'il soit à peine dix heures, ma tirade laisse Karine de marbre.

Sur le palier, toujours ce quelque chose dans l'air qui s'enroule et m'esquive. Se pose au bord, attrait pour le vide, se déplie, s'incurve et s'évanouit dans la cage d'escalier.

*

Avec Karine, nous avons choisi un quartier vivant, agrémenté de placettes accueillantes. À l'abri du tumulte des grands boulevards. Un village dans la ville, aux artères tortueuses, dont le vieux cœur rapiécé ne s'arrête jamais de battre. Les théâtres et les cinémas ne sont qu'à quelques minutes de marche. Même si, depuis la naissance des enfants, nous avons perdu l'habitude des sorties culturelles.

Nous n'aurions jamais pu acheter un cinq pièces dans cet arrondissement avec ce que nous gagnons chaque mois. Trop à l'étroit à la naissance de Julie, il a fallu envisager le déménagement. Sans le secours des parents de Karine, il eût été impossible de rester dans Paris intra-muros. Je n'avais pas d'apport. Et ne pouvais compter sur un quelconque soutien de mes parents, pots percés au soir d'une vie passée à joindre les deux bouts. J'ai contracté un emprunt sur trente ans. J'aurai un jour la moitié de cet appartement. Je n'ai, pour l'instant, pas le sentiment d'avoir fini de payer le carrelage de la salle de bains.

Je dépose les baguettes sur la table de la cuisine. Karine apprécie le geste. Je glisse ensuite, près du pain, un petit sachet en plastique rempli de généreuses têtes vertes. Je suis passé chez Philippe. Avec les gains de mon dernier pari, je me suis offert deux grammes de Blue Fruit, l'herbe que l'on préfère, notre compagne, l'alliée de nos étreintes. Une issue quand tout paraît répétitif, quand on ne trouve plus l'allure. On se tient là, happés, enlacés, à l'abri des volutes, enfin attentifs à la course de tous ces battements sous la peau.

On fume peu. Karine se méfie des effets d'accoutumance d'une consommation régulière. Ses amours de jeunesse en Espagne l'ont immunisée, une rencontre malheureuse avec un artiste madrilène, un peu trop porté sur le haschich. Mais l'herbe a apporté un renouveau sensuel à notre couple, un second souffle à un moment où nous nous sentions en panne. Depuis, nous n'avons jamais vraiment réussi à nous en passer. Hormis quelques excès festifs, l'usage reste circonscrit.

Karine se décontracte en découvrant le petit sachet d'herbe. Je choisis ce moment pour lui parler de la rumeur à la banque au sujet de ma promotion. Karine passe ses bras autour de mon cou. Elle sait à quel point je souffre de la routine, du peu de perspective intellectuelle que m'offre le travail quotidien. Elle plante ses yeux dans les miens et me confie qu'elle se réjouit de passer la nuit avec le futur directeur des ressources humaines. La main de Karine glisse ensuite vers le renflement de mon pantalon. À travers l'épaisseur du jean, elle me masse la verge et les testicules. Elle glisse le bout de ses lèvres humides sur le lobe de mon oreille. Et puis toute la langue dans la bouche, goûte, respire et revient.

Je m'enferme dans la cuisine. Je coupe les légumes en forçant un peu la voix sur *You are the only one* des Black Keys. Je consacre la fin de l'après-midi à préparer un *osso bucco* pour le dîner en tête-à-tête. Depuis mon mariage, je trahis la recette paternelle en remplaçant le jarret de veau par de l'agneau, une viande dont Karine raffole.

Avant de passer à table, je ne résiste pas à la tentation d'une nouvelle excursion au PMU. Je sens que je vis une période chanceuse. Je descends au « Balto », mais arrive trop tard. Le rideau est déjà tiré. J'ai oublié que le « Balto » ferme le samedi soir. Je contourne le pâté de maisons et me dirige vers un établissement arborant le vert foncé du Pari Mutuel Urbain, « Le Derby ». Je passe régulièrement devant mais n'y ai jamais mis les pieds.

En entrant, je repère le comptoir dédié aux jeux. Je prends connaissance de la grille des matchs, coche les cases des bulletins mis à ma disposition. Je prends mon tour à la caisse. Devant moi, une vieille dame parée d'une indéfrisable couleur fuchsia valide un ticket pour le tirage du Loto du soir. Elle commande ensuite des jeux à gratter en désignant de l'index les cartes qu'elle exige de choisir. Elle en écarte certaines, comme si un flux invisible la guidait vers les tickets gagnants. Des adolescents, près de l'entrée, se consultent autour d'un bulletin de Loto sportif. Ils mettent au point une combinaison en parlant fort, aboyant leurs pronostics. Ils peinent à se mettre d'accord. Les plus audacieux décident de prendre à partie les joueurs de Rapido, au comptoir. Qui les ignorent, les yeux rivés sur un écran où les grilles de numéros se remplissent après le passage d'une comète de pixels.

Mais la majorité de la salle, des hommes entre deux âges, d'un cosmopolitisme accompli, se concentre sur un autre écran où des chevaux galopent sur un anneau de terre boueuse. Le reste de l'univers a disparu pour ces spectateurs qui remuent à peine, muets, en transe, comme sous l'effet de quelque passes hypnotiques.

Je me rends compte que tous les clients de cet établissement ont misé de l'argent sur un événement ou s'apprêtent à le faire. Mais je n'ai pas le sentiment d'appartenir à cette communauté. Je me sens différent, plus rationnel que les autres. Je ressens même une pointe de dégoût pour les joueurs qui s'en remettent aveuglément au hasard.

En m'impatientant, témoin des hésitations absurdes de la vieille dame devant le comptoir des jeux à gratter— un atermoiement qui s'éternise—, j'ai d'abord le sourire aux lèvres, l'envie de railler. Je me reprends. Je suis aussi capable de parier sous l'emprise d'une forme de superstition. Je suis venu jouer en imaginant que je traverse une bonne passe. En approfondissant la réflexion, je repense au système de croyance reçu en héritage. Ma mère, Éva, a été élevée dans la foi catholique, litanies, récitations quotidiennes sans complications spirituelles. Elle tenait à ce que je me plie au rituel. Enfant, je ne me prêtais pas aux génuflexions de bonne grâce. Alors elle brandissait les menaces, prophétisant un déluge de feu et de sang, déroulant par le menu le catalogue des châtiments bibliques, allant jusqu'à promettre des nuées de sauterelles géantes au petit-déjeuner si je négligeais de remercier son dieu pour les bienfaits de la journée qui s'achevait. Censées intimer la peur, ces images attisaient la curiosité du jeune garçon. Je rêvais de voir ces insectes fabuleux débarquer, à l'aube, dans la cuisine, enjamber cuillères et biscottes, tricoter des antennes en patinant dans la confiture. Mais Éva semblait en nourrir une telle frayeur que je tergiversais. Je n'étais pas absolument certain que ce soit une rencontre à favoriser. À l'adolescence, je me suis débarrassé de ces peurs irrationnelles. Mais manifestement pas de leurs succédanés.

La vieille dame aux cheveux roses s'écarte du comptoir. Elle s'assoit à la table la plus proche, étalant devant elle ses cartes qu'elle s'empresse de gratter. Un mouvement oscillatoire fébrile, la mâchoire avide, un lien profond, un pacte scellé avec la table en formica. Je passe enfin à la caisse.

Sur le chemin du retour, la rue frissonne de voitures immobiles, de ruissellements crasseux et de vitrines sourdes.

*

En dépit de leur âge, j'aime emmener les enfants aux vernissages de la galerie où Karine est employée. Karine s'est étonnée de cette opiniâtreté. Elle y voit la preuve que, contrairement à ce que je veux bien en dire, je n'ai pas perdu toute curiosité pour l'univers de la création.

Quand nous avons fait connaissance, Karine a été séduite par mes travaux de jeune peintre. Ou plus exactement, comme elle me l'avouerait plus tard, par le discours dont je les entourais. Je peignais des motifs sombres, abstraits, des toiles avec plusieurs couches enchevêtrées, comme un camaïeu de noirs. Je me montrais sûr de mon art. Affectant les poses théoriques de Thomas, j'affirmais qu'il est inutile de suivre des cours pour apprendre, que les écoles nuisent à la qualité des artistes, à leur originalité. Je concevais la peinture comme une boîte à outils métaphysique. Un art de la quête, une plongée en spirales introspectives. Je prétendais peindre les tourments intérieurs, les turpitudes de l'âme humaine.

Après la mort de Thomas, j'ai rencontré de plus en plus de difficultés pour payer le loyer de l'appartement-atelier que nous avions partagé. J'ai alors accepté un poste à la banque pour assurer le quotidien. Travailler dans un musée ou dans une galerie eût été une trahison. Je voulais vivre le plus loin possible d'un marché de l'art que je considérais responsable du suicide de mon ami. J'avais, en agissant de la sorte, le sentiment de garder une plus grande intégrité. Mais très vite, la banque a occupé la majeure partie de mon temps et, bientôt, je n'ai plus touché un pinceau. De cette période de ma vie, je n'ai conservé qu'un tableau, une immense toile de Thomas, peinte quelques jours avant sa mort, un portrait de Karine qui trône encore dans le salon.

Karine, elle, s'est montrée plus persévérante. Multipliant les stages, elle a réussi à se faire embaucher dans une galerie. Depuis quelques années, elle économise dans l'idée d'ouvrir un jour son propre lieu dédié à l'art contemporain.

En franchissant le seuil de la galerie, j'aperçois, en grande discussion, Karine et l'artiste du jour, un tout jeune homme qui arbore une barbe étonnamment longue, des broussailles rousses qui se prolongent jusqu'au nombril. La galerie regorge de tableaux et de sculptures imposantes. Des excroissances de résine que je compare à des organes déformés par des cellules cancéreuses. Je trouve les œuvres agressives pour les sens, leur contemplation prolongée allant jusqu'à provoquer un petit haut-le-cœur. Quand soudain, j'aperçois, à l'autre bout de la galerie, Caroline, la femme d'Éric, mon collègue de la banque.

Caroline a hérité d'un père fortuné. Depuis, elle se consacre entièrement à une nouvelle passion : sa collection d'œuvres d'art. Elle est devenue l'une des meilleures clientes de la galerie. À mes yeux, l'inculture de Caroline n'a d'égal que sa prétention. Lors d'un précédent vernissage, je l'ai questionnée sur les critères de ses choix. Elle m'a répondu qu'elle fonctionnait au *feeling*, à l'instinct. Ce que j'ai traduit par le fait qu'elle achète n'importe quoi et qu'elle est prête à revendiquer sa bêtise. Et je n'ai pu m'empêcher de lui résumer l'essentiel de mon point de vue. Depuis ce manque de tact élémentaire, je me défile.

À l'extérieur, je trouve refuge auprès d'Éric. En mari attentionné, Éric accompagne Caroline aux vernissages même s'il ne manifeste que très peu d'intérêt pour la nouvelle passion de sa femme. Il me suffit de quelques mots pour comprendre qu'il partage mes réserves sur les œuvres exposées ce soir. Je dégaine mon téléphone pour consulter l'évolution des scores des matchs sur lesquels j'ai parié la veille, au « Derby ». Tous mes pronostics sont en passe de rentrer, à l'exception d'une rencontre, bien mal engagée. Je jubile. Je serre le poing, un geste réflexe de triomphe que je ne peux refréner. La joie répandue dans tout le corps. Je me sens traversé par un courant d'énergie brute, électrisé par la perspective de ces gains futurs. Un moment où mes poumons semblent pouvoir accueillir plus d'air, mes veines davantage de flux.

Soudain, un cri retentit. J'aperçois Caroline qui se précipite vers nous à grandes enjambées, l'air bouleversé.

— Waouh ! Tu as vu Éric cette sculpture dans la salle du fond ? Mon Dieu, quel génie ! J'ai pris une option. Viens voir.

L'œil navré, Éric disparaît sur les pas de sa femme. En les observant s'éloigner, grisé par des pronostics en bonne voie, je ne résiste pas à la tentation de taquiner mon collègue de bureau.

— Fais pas cette tête, mon ami. C'est rebutant mais pas contagieux.

Dans mon empressement, j'ai parlé fort. Un silence gêné se propage dans l'assistance. Je n'ai pas remarqué que l'artiste se tient tout près de la porte grande ouverte. Le jeune homme barbu se retourne. Il me dévisage. Avec le fol espoir que ce commentaire ne vise pas l'une de ses œuvres. Brusques remous devant la galerie, battements suspendus du temps, vide entre les corps qui semblaient pourtant emplir tout l'espace. Je m'abîme dans la contemplation de mes pieds et décide qu'il est l'heure pour les enfants de rentrer.

Karine est restée à la galerie et y restera jusqu'à la fermeture. Je m'affale dans le canapé en attendant qu'Émile et Julie se brossent les dents. Avant d'aller se coucher, Émile passe la tête dans le salon.

— Bonne nuit.

— Bonne nuit, mon cœur.

— Heu. Papa ?

— Oui ?

— Ça veut dire quoi « rebutant » ?

— Va au lit, mon chéri. Je t'expliquerai demain.

J'accompagne Émile dans sa chambre. J'embrasse mon fils, referme rapidement la porte et me précipite sur l'ordinateur. Quand les résultats s'affichent, j'exulte. J'ai treize pronostics bons sur quatorze. Je devrai attendre le lendemain pour connaître le montant exact de mes gains. Je me dirige tout de même vers un site qui donne des estimations en fonction des résultats. Je m'y connecte, la page s'affiche. J'ai gagné plus de trois mille cinq cents euros.

Euphorique, je me sers un verre de vodka glacée. Bien sûr, si le dernier pronostic s'était révélé juste, j'aurais touché beaucoup plus. Le pactole : près de cent quarante mille euros. Mais bon, je suis novice. Plus de trois mille euros, ce n'est pas mal. Et puis, je peux perfectionner mes paris en épluchant les rubriques sportives, en analysant les statistiques disponibles sur les équipes.

Lorsque Karine rentre, je suis déjà couché. Mais je ne dors pas. Je suis allongé dans le noir, depuis deux bonnes heures déjà, les yeux grands ouverts, à dérouler les bobines des possibles.

*

Les jours suivants, je mise sur le football, le basket, le ping-pong. Je gagne de petites sommes. Je saute d'un match à l'autre. Je tente toutes sortes de combinaisons. Je mise sur le nombre de buts marqués dans une mi-temps, sur les sets remportés par un joueur au cours d'un match de tennis, sur le classement d'arrivée d'une course automobile. Je joue prudemment et réussis à dégager de substantiels bénéfices. En une semaine, j'amasse près de trois cents euros. Quand je relève les yeux, entre deux paris, mon bureau me fait l'effet d'une baie abritée, une rade resserrée, un royaume sûr où je régnerais sans partage.

Distrait, je ne prête pas attention à un message intranet. L'accès au logiciel de ressources internes sera bloqué une journée entière, peut-être davantage, pour maintenance. J'ai besoin du réseau pour extraire les derniers chiffres nécessaires à mon allocution. Lorsque je veux m'y connecter, la veille de la présentation des résultats des entretiens annuels, je suis coincé. La visite au Service Informatique s'impose, une perspective pénible.

Replié sur lui-même, le S.I. diffuse les informations sur le réseau interne. Peu de salariés peuvent se targuer de connaître physiquement les employés de ce service. Ils représentent pourtant le quart des effectifs du siège. Pour y accéder, il faut franchir une entrée sécurisée à l'autre bout du bâtiment. Le S.I. est une entreprise dans l'entreprise. Il fonctionne en autarcie. Il a son langage propre, un patois d'informaticien. Mais je n'y suis pas en terrain inconnu.

Je me suis lié avec Franck, le responsable de la sécurité et du développement Internet. Nous nous sommes rencontrés dans le cadre d'interviews qualitatives menées il y a quelques années. Une étude sur l'amélioration des entretiens annuels. Lors du déjeuner qui a suivi, j'ai été surpris de l'intérêt de Franck pour l'art. Nous avons échangé des anecdotes sur la vie et les œuvres d'artistes aussi divers que Beuys, Richter ou Spoerri. Franck ne s'est pas contenté de réciter la biographie officielle de ces artistes, de paraphraser les articles de critiques autorisés. Il a émis des avis personnels et pertinents. J'en ai conclu que Franck avait une culture bien au-dessus de la moyenne de nos collègues. Nous avons tissé une complicité, partageant un sentiment confortable, celui d'être des renégats, des insurgés à l'intérieur d'une forteresse de médiocrité.

Lorsque j'arrive au service informatique, Franck est déjà rentré chez lui. Mais ses collaborateurs ont l'air de bonne humeur. J'obtiens que le serveur soit de nouveau opérationnel à minuit. J'ai devant moi la perspective d'une nuit de travail. Une nuit blanche avant une journée d'animation devant l'assemblée des salariés de mon entreprise.

Je regagne le service des ressources humaines et m'applique à la mise au point des derniers graphiques. Je m'interromps de temps à autre, tends l'oreille, distrait par des rumeurs dans les couloirs. Je tressaille au moindre bruissement, comme si chaque recoin de la banque, maintenant plongé dans l'obscurité, abritait une masse d'angoisses cristallisées en suspens dans l'air, nuées de ressentiments, détresse des salariés longtemps refoulée. Derrière les portes, dans les tiroirs, dans la pénombre des armoires entrouvertes. Nuit poreuse dans le battement d'une respiration lourde, l'écho d'un râle, mon propre souffle entravé, sifflement régulier qui retient de céder à la panique.

Par la grâce des fuseaux horaires, je peux miser sur les résultats de deux équipes colombiennes. Je n'ai jamais entendu parler de ces clubs. Je me sers de statistiques dénichées sur Internet et gagne deux cents euros. Côté travail, je mets la dernière touche à un ultime Power Point vers 6 h 45. Il ne me reste que deux heures potentielles de sommeil. Je ferme la porte de mon bureau à clé et m'allonge sur la moquette, ma veste repliée sous la tête en guise d'oreiller. J'ai préalablement misé sur un match à Singapour. La rencontre débute dans moins de dix minutes. Un signal sonore m'avertira dès qu'un but sera marqué et je serai informé du résultat final avant le début de mon intervention.

*

La salle de l'auditorium est comble. J'embrasse mes collègues du regard. Un tapis de feuilles tremblantes. Debout, je suis seul sur l'estrade, la peur au ventre. Je suis rejoint par Guy Monnet, le directeur général de la banque. La soixantaine, une carrure de catcheur, il arbore, malgré la canicule persistante, le style *gentleman-farmer*, chemise à carreaux et pantalon de velours épais. Quelques minutes plus tôt, dans le couloir, Guy m'a accueilli chaleureusement. Tout en s'inquiétant de mon état de santé. Il a remarqué le teint blême et les mains moites de son responsable des entretiens annuels. Au réveil, j'ai passé une dizaine de minutes à m'asperger le visage d'eau fraîche. Visiblement, mes efforts sont restés vains. Je l'ai rassuré du mieux que je pouvais en prétextant une nuit de veille consécutive à la maladie de l'un de mes enfants. Mensonge opportun puisque le mot famille est le seul capable d'émouvoir le directeur général. C'est d'ailleurs sur le thème de la famille, de la grande-famille-que-forme-la-banque-pour-laquelle-nous-avons-l'honneur-de-travailler que s'articule son discours d'introduction à la convention. Mais son allocution est plombée par les informations qui viennent de tomber.

La banque va subir une perte de plusieurs centaines de millions d'euros cette année. Un sinistre lié à la découverte de la détention d'actifs toxiques. Des partenaires, outre-Atlantique, ont accordé des prêts immobiliers à des ménages insolvables. Ils ont dissimulé ces actifs véreux dans des paquets de produits achetés par la banque quelques années plus tôt. Il va falloir se résoudre à passer ces actifs par pertes et profits. Pendant un instant, je me revois en terrasse avec Éric, devisant sur l'astrophysique et Adam Smith. Guy Monnet, en bon père de famille, rassure son auditoire. Si ces nouvelles sont fâcheuses, elles ne mettent pas en péril l'avenir de la banque.

Je suis ensuite invité à prendre la parole. Je décris les améliorations récentes apportées aux entretiens annuels.

Je détaille les résultats secteur par secteur. Puis arrive le clou du spectacle. Je projette les diagrammes dévoilant l'état du moral des troupes. La consolidation des résultats des entretiens. Des constellations apparaissent dans un espace orthonormé. L'attention, dans le public, remonte d'un cran, l'œil égayé par les motifs géométriques. Sur l'écran, des nuages de points cristallisent les grandes tendances de chacune des régions. Comme chaque année, le climat social de la région Est se révèle particulièrement mauvais. Sur les consignes de Paul Nox, j'ai corrigé le graphique en pondérant au maximum les entretiens positifs de ce secteur, au-delà des limites que m'indique ma conscience professionnelle. Mais rien n'y a fait, la région Est apparaît décalée. Le directeur de cette région, Jean-Pierre Verhaeren, passe pour un fou furieux. Ses abus de pouvoir sont notoires. Sa réputation suffit à terroriser ses nouveaux collaborateurs. Après une première année passée au sein du service des ressources humaines, j'avais ressenti le besoin de partager mes doutes, mon inquiétude quant aux méthodes de Verhaeren. Paul Nox m'a alors raconté l'histoire du directeur de la région Est. À ses débuts, Jean-Pierre travaillait dans l'agence de Colmar, où il a rapidement été nommé directeur adjoint. Mais le jeune cadre, promis à une brillante carrière, a vu le sol se dérober sous ses pieds. À vingt-huit ans, il a perdu sa femme enceinte de leur premier enfant dans un accident de voiture. Il était lui-même au volant. Cette cruauté du destin aurait pu l'ouvrir à la compassion. Au contraire, Verhaeren s'est endurci. La haine est devenue son moteur. Après une période de déprime, il s'est transformé en bourreau de travail. Et, pour ses collaborateurs, en bourreau tout court.

Afin de ménager Verhaeren, j'use de circonvolutions pour commenter le tableau. Je cherche à employer le mot « constant » pour qualifier l'évolution du climat social de l'Est. Mais, inexplicablement, c'est le mot « consternant » que je prononce. Cette nuit sans sommeil se révèle désastreuse pour la concentration. Toute la salle a le sourire aux lèvres et se régale intérieurement. Verhaeren est rouge de colère, au bord de l'explosion. Il me foudroie du regard. Je transpire à grosses gouttes et sens une fatigue immense m'envahir. Je bafouille, reprends, m'excuse, rectifie, mais le mal est fait. C'est l'heure de conclure. Guy Monnet arrondit les angles. Il se fend d'une longue tirade sur l'esprit de conquête fraternel interrégional des lendemains qui chantent.

La nuit suivante, malgré mon épuisement, je peine à dormir. Je me réveille à plusieurs reprises avec un souvenir précis du cauchemar auquel je viens d'échapper. Je me tenais sur l'estrade, nu, ruisselant de sueur, livré aux regards de mes collègues. Dans mon dos, derrière un rideau lourd, brouhaha, les instruments désaccordés d'un orchestre. Je tournais, ployais et tombais à genoux. Une lumière qui fusait, aveuglait et cognait, au ras des visages. Je me courbais encore jusqu'à me recroqueviller. Lorsque je relevais la tête, le public s'était volatilisé. Et je restais là, seul, face contre terre, à prier des dieux très anciens, étrangers à toute miséricorde.

*

La convention se termine le samedi soir. Elle est suivie d'un dîner-spectacle où sont conviés tous les employés de l'entreprise. Je m'y fais discret. Je me compose un masque des plus austères, souris le moins possible pour bien signifier à mes collègues que je regrette mon erreur. Qu'il ne s'agit, en aucun cas, d'une provocation. J'espère que ma maladresse ne remettra pas en cause les choix de la direction concernant la promotion. Pendant une partie du dîner, je cherche à éviter le regard de Patrice Dauvergne.

Depuis un petit moment, le responsable du recrutement m'observe avec un sourire grossier vissé au coin des lèvres. Dauvergne est un homme grand, brun, élancé, la prestance d'un mannequin. Il serait élégant s'il ne donnait pas l'impression d'avoir grandi trop vite. D'avoir égaré le mode d'emploi d'un corps dont la coordination des mouvements lui échappe. Dauvergne se montre maintenant confiant, assuré de la victoire dans la course à la promotion. Heureusement, il est à bonne distance, deux tables nous séparent. Il ne m'est pas trop difficile d'éviter son regard. Avec l'arrivée du plateau de fromages, Dauvergne s'enhardit. Il lève son verre dans ma direction pour m'inviter à trinquer. Je sens la haine monter en moi. J'aimerais lui montrer à quel point le graphologue avait vu juste. Comment je peux me révéler immature, émotif, psychologiquement instable, impulsif. J'aimerais me lever, avancer vers lui avec le sourire de la reine d'Angleterre. Et de ma voix la plus douce, en lui chuchotant à l'oreille le plus gentiment du monde, je le prierais d'avoir l'aimable obligeance d'aller se faire foutre. Mais je me contrôle, ne pouvant prendre le risque d'aggraver mon cas et me contente d'ignorer le sourire carnassier de mon collègue. Le reste de la soirée, je ne décroche plus les yeux de la scène où une douzaine de danseuses aux seins nus rivalisent de souplesse.

Lorsque je rentre à l'appartement, il est une heure du matin. Tout est calme. Karine dort à poings fermés. Par les fenêtres grandes ouvertes s'engouffre toute la chaleur dans l'air épais. Je me dirige vers la chambre mais, sur le trajet, je passe devant l'ordinateur. Après avoir vérifié sur le site de paris que j'ai bien gagné – un match en Turquie sur lequel j'ai misé pendant le dîner – je clique sur un onglet jusque-là inexploré. Un onglet qui porte la mention « Casino ». S'offrent à moi jeux de roulette, blackjack, baccara, différentes versions de poker et de nombreuses applications dont je n'ai jamais entendu parler, high-low, starburst, fortuna. Je fais un dépôt de cent euros, m'essaie à la roulette et perds cinquante euros. Je bifurque vers le poker Texas Hold'em. Là, je connais la réussite. Les combinaisons s'enchaînent. J'aligne les suites, les brelans, les couleurs. Je touche même un carré. En trois quarts d'heure, je gagne près de sept cents euros et décide d'en rester là. En allant me coucher, je repasse devant la fenêtre. Une brume aveuglante tombe sur Paris et enveloppe la cour et l'immeuble en face d'un suaire lumineux.

Au lever, je n'ai qu'une idée en tête, me remettre à l'ordinateur et jouer. Je jette un œil au salon. Karine, penchée sur son téléphone, aligne les figurines explosives, s'escrimant à atteindre le nombre de points suffisant pour passer au palier supérieur d'un jeu viral. Les enfants regardent la télé. J'ai le champ libre. Je reprends la partie de Texas Hold'em. Une demi-heure plus tard, j'ai gagné deux mille cinq cents euros. Je jubile. Mais la chance tourne. Deux heures plus tard, j'ai perdu tous mes gains. Et mille euros de plus en espérant me refaire. Je ferme le capot de l'ordinateur et reste à fixer le mur pendant de longues secondes. Le rouvre pour parier sur un match de la première division espagnole. Deux cents euros sur la victoire de l'Atlético Madrid à domicile. Je peux suivre le match en direct. Autour de moi, mouvements rapides, regards obliques, presque rien, mais l'agencement se recompose. Les enfants s'agitent. Karine, aussi, devient fébrile.

— Il fait beau dehors, on pourrait aller au parc. C'est une bonne idée, non ?

Je ne relève pas. Le silence est mon meilleur allié. Karine se rapproche, regarde par-dessus mon épaule. Je me referme pour résister comme je peux à l'intrusion inquisitrice.

— Tu vas passer toute la journée devant l'ordi à regarder du foot ? Je croyais que tu trouvais ça stupide et grégaire.

Toujours pas un mot.

— Je ne sais pas si tu t'en rends compte mais les enfants se plaignent. Ils trouvent que tu passes beaucoup de temps devant cet ordinateur. On dirait qu'il n'y a plus que ça qui compte.

Je marmonne entre les dents.

— Ok, je finis de regarder ce match et on y va.

— C'est quand même drôle, cette passion soudaine pour le foot. Tu as mis quarante ans à t'apercevoir que tu aimais voir ces types en short courir après un ballon. Tu ne veux pas plutôt y jouer avec ton fils ? Je suis sûre qu'il adorerait et ça ne pourrait pas te faire de mal…

Karine fait allusion avec tendresse, mais aussi avec une pointe de perfidie audible, à mon embonpoint récent. Cette remarque m'agace prodigieusement. Elle touche un point sensible, elle le sait. Je me retourne et la dévisage avec froideur. Karine s'écarte doucement, assurée d'avoir porté l'estocade. Elle espère obtenir une réaction d'orgueil de ma part. Mais je ne bouge pas. Je me tasse un peu plus sur la chaise comme un crustacé dans une faille entre deux rochers.

Le match se termine par un nul. J'ai perdu. Un mélange de rage et de cendres s'infiltre dans mes veines. Je veux parier à nouveau. Je mise sur la victoire de Malaga. Alors que la rencontre débute, je croise le regard de Karine. Je ne peux résister plus longtemps à l'élan familial vers le parc. Anxieux, je passe toute la promenade à vérifier l'évolution du score sur mon téléphone. Je suis physiquement là mais mentalement absent. Au fil des minutes, je sens l'irritation de Karine grandir. Mais le sujet reste tabou. En rentrant du parc, en fin d'après-midi, je peux me montrer disponible. Malaga a gagné deux à zéro.

*

Dans le RER du retour, ce dimanche soir, l'univers se réduit aux quelques pouces de l'écran posé sur mes genoux. Je suis l'évolution du score d'un match opposant le Real Madrid au FC Séville. Madrid vient de marquer un troisième but. Il ne reste que quelques minutes à jouer. Ce résultat ne suffit pas à couvrir mes pertes du week-end. Mais, avec la victoire de Malaga quelques heures plus tôt, j'ai le sentiment d'avoir mis fin à une mauvaise série.

Lorsque je relève le nez de mon portable, je suis envahi par la culpabilité. Un sentiment avec lequel je lutte plus ou moins consciemment depuis que j'ai quitté la maison de ma mère. Après un dîner en tête à tête, je l'ai laissée à sa solitude. L'arthrose progresse et Éva fait chaque jour un pas de plus vers la dépendance. Mon père, Gabriel, est mort il y a quelques années. Tumeur au cerveau. Cet homme qui n'a jamais réussi à prendre une décision de sa vie, d'une telle lenteur qu'il lui fallait dix bonnes minutes pour rouler une cigarette, s'est précipité dans la mort à une vitesse dont personne ne l'aurait cru capable. Cancer foudroyant. En trois mois, c'était terminé. Éva doit se débrouiller seule. À soixante-huit ans, elle n'est pas disposée à refaire sa vie. Elle se consacre désormais à ce qu'elle appelle son « hobby ». Aussi loin que je peux me souvenir, j'ai toujours vu Éva peindre. Les nouveaux tableaux qu'elle me montre à chaque visite n'ont que peu de valeur artistique à mes yeux. Éva pourrait prendre pour modèle le chalet de son enfance ou son chat. Mais comme beaucoup de peintres amateurs, elle préfère des motifs qu'elle juge plus dignes de son art, des palais tout droit sortis de son imagination, des couchers de soleil sur des paysages qu'elle n'a jamais embrassés du regard.

La rame du RER s'enfonce sous terre. L'éclairage blafard des néons succède au clinquant des lumières de la banlieue. Je repense à Gabriel. Mon père a vécu heureux, toute sa vie dans le même garage. Il ne désirait rien de plus que ce que pouvaient lui offrir les plaquettes de frein à changer, le hoquet des moteurs à lubrifier, le fuselage des carrosseries à redresser. Mais il a eu de l'ambition pour sa descendance. Enfant unique, j'ai hérité des velléités d'ascension sociale de mes parents. Je repense à la fierté de Gabriel quand j'ai obtenu le bac puis, quelques années plus tard, une maîtrise de sciences économiques. Au fond, j'ai le sentiment d'être resté sur la voie tracée, d'avoir cheminé tout ce temps dans l'ombre de mes parents, couloirs sans fin, fenêtres murées, ambitions personnelles différées, dans l'attente. Mais de quoi ?

Est-ce que mon travail à la banque me corrompt, comme le pensent Pierre et Manolo, mes amis de lycée devenus militants anarchistes ? Ce quotidien me transforme-t-il au point que je renie un jour tout ce à quoi j'ai cru ? Ne serais-je pas plus heureux si j'avais pris la relève ? Le poste de mécanicien de mon père. Ou le métier de mes ancêtres basques, du côté maternel. Le père d'Éva, maçon à la retraite, vieil homme massif, chauve, voûté par un travail qui lui avait compacté le corps, me racontait des histoires de marin. Le grain de sa voix me faisait frissonner. Il me semblait que tout en parlant, il broyait une boule de sable grossier coincée dans la gorge. Il évoquait souvent une branche de la famille qui s'était spécialisée dans la pêche hauturière. Il y a longtemps, des Basques sillonnaient les eaux de Terre-Neuve, du Labrador, du Groenland, à la poursuite des baleines qui ne venaient plus frayer au large d'Hendaye. Bercé par la voix de mon aïeul, je m'imaginais à la proue d'un canot, harpon en main, scrutant les mouvements des cétacés. Ou sur le pont du vaisseau, à extraire les viscères de carcasses immenses, des cathédrales d'os et de chair, la chemise plaquée sur le ventre, éponge gorgée de sang frais.

Quand je rentre chez moi, la petite famille est couchée. Je ne résiste pas à l'appel d'une partie de poker au casino virtuel. Je conçois un plan. Je miserai cent euros et m'arrêterai dès que j'en aurai gagné vingt. Je garderai ces vingt pour miser sur un match. Je reverserai les cent euros sur mon compte. Je commence par perdre trente euros. Puis, pendant vingt minutes, je stabilise les gains et les pertes sans réussir à gagner les vingt euros nécessaires à mon pari. Enfin, au bout d'une demi-heure, je touche une paire d'as. Le compteur affiche cent trente-deux euros. C'est dans la poche. Je transfère les trente-deux euros de gain et les place sur une rencontre sportive du lendemain soir.

Alors que je suis sur le point de demander le versement des cent euros du capital initial sur mon compte bancaire, j'ai le sentiment qu'il est possible de renouveler l'opération. Je pourrai ainsi faire des paris sportifs sans engager davantage d'argent. Je me remets à jouer et atteins vite les cent vingt euros. Je m'apprête à sortir du jeu quand j'imagine pouvoir gagner encore un peu plus. J'hésite. Les doigts relâchent la souris, la main manque d'assurance, le haut du corps oscille, cherchant en vain un équilibre. J'y retourne. Mais rien ne se déroule comme prévu. Je perds les vingt euros gagnés puis, encore plus rapidement, les cent euros du capital initial. Je dépose deux cents euros sur mon compte casino et augmente les mises pour regagner les premiers cent euros mais je perds encore. Je multiplie les dépôts, doublant les sommes à chaque fois pour essayer de me refaire. Des dizaines d'euros puis des centaines, bientôt des milliers. Deux heures plus tard, c'est la catastrophe. Je fais le compte. J'ai perdu près de huit mille euros. Ma carte bancaire est bloquée. Le plafond des dépenses mensuelles autorisées est fixé à dix mille euros. J'ai déjà joué le reste. Il faut renflouer le compte avant que Karine ne s'aperçoive de l'hémorragie.

Je décide de vendre mon petit portefeuille d'actions. La conjoncture n'est pas bonne. Mais je n'ai pas le choix. Je me suis toujours senti ridicule avec ce jeu d'actions dont je ne comprends rien aux fluctuations à la hausse ou à la baisse. J'envoie un mail à Éric pour qu'il s'en charge au plus vite.

À la cuisine, les yeux fatigués, je ne distingue plus très bien les contours. Tout flotte, les murs comme devenus perméables. Je ferme les paupières puis les rouvre pour m'assurer de la conformité de mes visions avec l'idée que je me fais du réel. Je me verse une double dose de Zubrówka glacée que je bois d'un trait. C'est fâcheux mais il n'y a rien de dramatique. Je n'ai pas dépensé l'argent gagné avec mes premiers paris. Ce qui amortit les pertes. Le portefeuille d'actions ne couvre pas la différence mais j'ai accès à un compte de facilité bancaire, un crédit *revolving*. Il me suffit de transférer l'argent. Karine n'en saura rien. Elle pourra tout de même s'en apercevoir en pointant les remboursements qui seront prélevés chaque mois sur le compte commun. Le mieux est donc de limiter son accès au compte. Je trouverai une excuse et lui redonnerai les codes plus tard.

Je me connecte sur le site de la banque et modifie les mots de passe. Je jure de ne plus jamais jouer au casino. J'avale encore deux bonnes rasades de Zubrówka. Ces jeux sont truqués. On m'a laissé gagner pour m'appâter et mieux me plumer ensuite. Des jeux paramétrés pour l'arnaque ? Ces sites sont contrôlés par des organismes officiels. Mais jusqu'à quel point ? Avec les paris sportifs, le doute n'est pas possible. Des résultats indiscutables, publiés dans tous les quotidiens. Il y a bien des matchs truqués qui défraient la chronique. Mais c'est exceptionnel. Je concentrerai les mises sur les paris sportifs. C'est avec ce type de jeu que j'ai réussi à gagner de l'argent. Qu'est-ce qui m'a pris de jouer au casino ? Dans quelques semaines, j'aurai l'expérience suffisante pour choisir au mieux les cotes. Je gagnerai en misant sur le sport.

En allant me coucher, ma vue se trouble encore, je contourne une chaise qui me barrait le chemin, l'évite et me heurte à un cadre qui se brise en tombant sur le sol. Plus rien ne bouge. Seul le sang qui goutte de la main blessée. Des coupures longuement lavées et au-dedans, quelque part dans l'estomac ou dans l'œsophage, un bouillonnement acide qui reflue en hoquets. Je finis par trouver le sommeil.

*

Un étrange silence règne sur l'esplanade, devant la banque. La faune a disparu subitement, comme chassée par des colonnes de fumée ou la morsure des flammes. Les allées et venues, qui redoublent d'intensité en fin de matinée, ont brutalement cessé après l'arrivée d'une poignée de jardiniers. Ils ont déchargé leurs outils puis condamné les accès, avant de se mettre à percer la dalle. Un peu avant le déjeuner, les hommes en vert se sont volatilisés, laissant la place à sa plus grande désolation. Je distingue, plus loin sur l'avenue, alignées sur le plateau d'une remorque, une volée de plantes aux ramures chétives, arbustes faméliques qui finiront dans les béances fraîches du tapis bitumeux.

Je me rassois et ouvre la fenêtre du site de paris. Millions de pixels en avalanche, le temps qui se resserre en nœuds familiers. Je mise cinquante euros sur une rencontre en Pologne et regarde le match en direct sur un coin d'écran, tout en planifiant mes rendez-vous avec les cadres récemment promus. Des rencontres où je m'emploierai à les convaincre de l'importance managériale des entretiens annuels, médiation à mener dans le cadre de leurs nouvelles fonctions.

Je me suis conformé à mes résolutions depuis le soir où j'ai bloqué ma carte. Plus de poker, ni de roulette. Je place de petites sommes, exclusivement sur des matchs de football. Les paris rentrent. Je suis en passe de me refaire, de regagner une partie de l'argent perdu au casino. Je n'en reviens pas de m'être fait piéger. Une arnaque qui aurait pu me coûter très cher et anéantir mes ambitions de joueur. J'ai pris du recul et me tiens à bonne distance. Je maîtrise à nouveau la situation, perfectionne les combinaisons. Les bons résultats s'enchaînent et je me sens capable de gagner beaucoup plus.

À droite de mon agenda électronique, le Lechia Gdansk se prépare à tirer un coup franc bien placé, à une vingtaine de mètres de la cage du Polonia Varsovie, quand Paul Nox fait une irruption soudaine dans mon bureau. Après de brèves salutations d'usage, le directeur des ressources humaines file droit dans ma direction. Il se poste juste derrière mon siège. D'un clic désespéré, je tente de fermer la fenêtre du site de paris sur l'écran. Mon geste fébrile ne réussit qu'à la réduire. Les footballeurs ont disparu. Mais le sigle du site de paris clignote sur la barre des tâches du bureau, en bas de l'écran. Je prie pour que le logo n'attire pas son attention.

Paul Nox se lance dans une description enthousiaste des nouveaux programmes mis au point par notre principal prestataire de services dans le domaine de la formation. Il me propose de me rendre sur leur site afin que nous en explorions ensemble le détail. Il se réjouit à l'idée de partager les innovations dont il vient de prendre connaissance. S'il n'y a pas d'annonce officielle de ma promotion, je comprends qu'elle est toujours d'actualité. Nox semble décidé à jouer aux devinettes. Le DRH affiche un sourire en coin. Son regard pétille. Il faudrait que je sois un abruti pour ne pas deviner ce que dissimule cette bonne humeur. Je voudrais saisir la perche qui m'est tendue. Je l'imagine me donnant des informations techniques sur la gestion des formations, pendant que je ferais mine de m'y intéresser sans trahir mon émotion. Un petit numéro pendant lequel nous arborerions le sourire de ceux qui en savent long. Mais je suis coincé. Pour accéder au site en question, il faut que j'ouvre une nouvelle fenêtre sur le navigateur Internet. Sans que celle que je viens d'escamoter ne surgisse à nouveau. Si la fenêtre avec le match réapparaît sur mon écran, il y a peu de chance pour que Paul Nox apprécie la dextérité sur coup de pied arrêté du meneur de jeu du Lechia Gdansk. La joie des Polonais se congratulant après le succès d'un geste technique de premier ordre risque de ne pas être partagée par mon supérieur hiérarchique. Il doit exister un moyen de contourner cette fenêtre, de la désactiver sans la faire réapparaître. Mais je ne maîtrise pas suffisamment l'outil informatique pour trouver, en quelques clics, le chemin salutaire. Je prends un air accablé. Je prétexte un problème de connexion pour m'excuser de ne pouvoir accéder au site en question. Paul Nox fronce les sourcils. Il me dévisage, flaire la mauvaise foi mais ne préfère pas insister. Il m'invite à me rapprocher du service informatique au plus vite et, frustré, quitte la pièce sans ajouter un mot.

La porte se referme. Ma chemise est trempée de sueur. Sous la langue, comme une bouillie de cendres froides. Les pulsations cardiaques ne ralentissent que très lentement. Se peut-il que Nox ait remarqué, en bas de mon écran, le sigle du site de paris sportifs ? Qu'il ait choisi de s'abstenir de toute remarque ? Ce sigle est connu, des publicités télévisées en font la promotion pendant la diffusion d'événements sportifs. Mais je n'ai jamais entendu Nox parler sport. Je me rassure. Selon toute vraisemblance, il est étranger à cet univers.

Je ferme le site de jeux, me concentre sur mon travail et renonce, le reste de l'après-midi, à découvrir les talents trop méconnus du meneur de jeu du Lechia Gdansk. La Pologne me paraît loin, sans attrait, avec ses ports enneigés, ses jus à la rhubarbe et ses poètes qui parlent le langage des insectes.

OCTOBRE

Une rencontre passée au crible sur un blog de pronostics. Deux équipes norvégiennes dont je n'ai jamais entendu parler. Le nom même des villes dont elles portent les couleurs ne m'évoque rien. Je regarde le match en direct sur mon site de paris sportifs. À l'écran, une flèche rouge et une autre verte pivotent, pointent une suite de chiffres et clignotent, balancent à la hausse, à la baisse, se stabilisent. Adrénaline et endomorphine, en bouffées lentes, suivent l'inclinaison, se condensent, déroulent dans les canalisations profondes. L'œil qui palpite, irisation à l'oblique des nerfs. D'après le spécialiste en pronostics, qui répond au pseudonyme de Rossoneri, les locaux vont étriller les visiteurs. Un match qui compte pour la coupe de Norvège. Il y a plusieurs divisions d'écart entre les deux équipes. Rossoneri conseille de prendre la cote avec handicap : victoire des locaux en donnant un but d'avance aux visiteurs. La rencontre a démarré depuis trente minutes. Pour le moment, Rossoneri se trompe. Le score est vierge. La cote de la victoire des locaux avec handicap passe d'un virgule deux à un virgule six. La main caresse la souris, le galbe du boîtier dans la paume, l'index sur la molette glisse doucement vers le bouton. Les battements du cœur s'accélèrent, le sang afflue, resserré, à ras les tissus. À l'écran, les locaux redoublent d'efforts pour percer la défense adverse. Et, soudain, j'en ai la conviction, les locaux vont gagner. Rossoneri a vu juste. La différence entre les deux équipes est patente. Quelques clics, je transfère sept mille euros sur le site de paris. Je les place sur la victoire des locaux avec handicap. Si le pari rentre, je gagnerai onze mille deux cents euros. Je pourrai rembourser entièrement l'emprunt que j'ai contracté.

À peine le pari placé, je manque de broyer la souris. Les visiteurs ouvrent le score sur une contre-attaque fulgurante. Il faut maintenant que les locaux marquent trois buts sans en encaisser. Il ne reste que cinq minutes en première mi-temps. Je sens la panique poindre.

À côté, dans le salon, les enfants sont livrés à eux-mêmes. Émile passe la tête dans le bureau. Il me rappelle une promesse que j'ai eu l'imprudence de faire en début d'après-midi : aller faire un tour de vélo dans le parc voisin. Émile insiste. Il répète le verbe promettre et ses déclinaisons.

— Pas maintenant, il va pleuvoir.

Par la fenêtre ouverte, Émile scrute un ciel clairsemé, des nuages épars puis me fixe à nouveau. Sans l'ombre d'une goutte d'eau dans le regard.

— Puisque je te dis qu'il va pleuvoir. Ferme cette porte.

Émile obéit. Je me concentre à nouveau sur le match.

Pas longtemps. Des cris montent de l'autre côté de la cloison. Les enfants ont commencé à se battre. Je fais la sourde oreille. Ils peuvent s'entre-tuer, je ne bougerai pas.

Le premier but des locaux n'est marqué qu'à la quarante-quatrième minute. La mi-temps est sifflée sur un score de parité, un partout. L'interruption de jeu me donne l'occasion d'aller remettre de l'ordre dans le salon. J'installe les enfants devant un dessin animé. Ils protestent qu'ils l'ont vu cent fois. Rien n'y fait. J'attends que les récriminations se fondent dans les courbes de la pièce et je referme la porte. Il est 18 heures. Je vais suivre la deuxième mi-temps au calme. Karine ne rentre pas avant 19 h 30 le samedi.

Le deuxième but des locaux est long à se dessiner. Très long. Un cafouillage dans la surface de réparation permet à leur avant-centre de pousser le ballon dans les filets à la soixante-huitième minute. Il leur en reste une vingtaine pour marquer le troisième but, synonyme de gain. Ce but intervient rapidement, à la soixante-treizième, coup de tête d'un défenseur central sur un corner. Je lève les bras au ciel, une respiration plus large. Trois buts à un. Un peu plus d'un quart d'heure à tenir.
Émile repasse sa tête par la porte entrouverte.

— On peut y aller, papa ?

Je jette un œil dehors. Le ciel est désespérément dégagé.

— Cinq minutes !

— Allez ! Papa ! Papa !

— Cinq minutes, je te dis ! Aaaaaaah !

— Ça va ?

Les visiteurs viennent de réduire le score. Les locaux se sont déconcentrés après le troisième but. Erreur de marquage de débutant ! Les nuls ! Les imbéciles ! Ils vont tout faire capoter ! Trois buts à deux. Il reste dix minutes. Il faut que les locaux marquent un but sans en prendre un autre. Comme une brique en travers de la poitrine qui entrave maintenant tout le souffle. Mon poing se resserre, sans prise.

Émile répète sa question, un soupçon d'inquiétude dans la voix.

— Ça va, papa ?

Je ne dissimule pas ma colère.

— Cinq minutes, je te dis ! Tu peux bien attendre cinq minutes !

Je claque la porte au nez d'Émile.

La fin du match est pénible. Je sens de fines gouttes de transpiration filer le long de ma nuque, dans mon dos. La tête qui pèse et s'enfonce, tout le corps devenu lourd. Trois minutes d'arrêts de jeu. Trois minutes supplémentaires pour un but. C'est encore possible. Jusqu'à la dernière seconde. C'est le moment qu'Émile choisit pour manifester son impatience. Impitoyable, il désigne du doigt l'horloge de la cuisine.

— Les cinq minutes sont largement dépassées. Allez, tu viens maintenant !

— Encore deux minutes, Émile.

— Non ! Ça suffit maintenant !

Je ne l'en aurais pas cru capable. Émile se précipite vers l'ordinateur et en referme brutalement le capot. J'entre dans une fureur noire. Je ne sens pas ma main partir. Pour la première fois, je gifle mon fils. Nous restons tous deux interdits, nous dévisageant l'un l'autre. Deux libellules battant fébrilement des ailes, face à face, une trajectoire suspendue. Puis Émile fond en larmes, des larmes énormes, suivies d'une vague de hurlements rauques. Il disparaît dans sa chambre en claquant la porte. Je me rue sur l'ordinateur. Lorsqu'il est rallumé, je me reconnecte au site. Le match est terminé. Les nerfs recroquevillés, tendus, serrés. La page des résultats daigne enfin s'afficher dans son intégralité.

— Quatre à deux !

Quatre buts à deux. La joie me traverse d'un cri. J'ai gagné. Je viens de gagner plus de onze mille euros. Je ne saurai jamais comment ce quatrième but a été marqué et je m'en moque. Il faut, bien sûr, retrancher la mise de sept mille euros. Après quoi, le gain net représente quatre mille deux cents euros.

Je savoure ma victoire. Je me dirige vers la porte de la chambre d'Émile. Je frappe. Rien. J'actionne la poignée. La porte est fermée de l'intérieur. Combien de fois je me suis promis de ranger ces clés ou de les faire disparaître. Je prends ma voix la plus douce.

— Émile, ouvre… Émile…

Pas un souffle. À l'intérieur de la chambre, un silence patient, acharné.

— Allez, Émile ! Papa regrette. Émile ? Allez, viens, on va faire du vélo.

— Je m'en fous du vélo ! Laisse-moi tranquille !

— Le prends pas comme ça.

— J'm'en fous, je te dis !

— Ouvre !

— Non !

Je patiente encore quelques secondes puis bats en retraite. Je m'assois dans le salon près de Julie et regarde la fin du dessin animé avec elle.

— Qu'est-ce qu'il a Émile ?

— Rien. Il est fatigué, c'est tout.

Je pense à ces quatre mille euros que je viens de gagner. Je me sens grisé. Tant pis pour Émile, ça lui passera. Je ne suis pas fier de mon geste mais le comportement de cet enfant est agaçant. Il doit comprendre qu'il faut savoir rester à sa place. Cette dernière pensée sent la mauvaise foi à des kilomètres mais suffit pourtant à me redonner bonne conscience. Je passe un bras autour de Julie. Je me délecte de l'ampleur de la somme. On peut gagner en piochant dans les pronostics des spécialistes. Il y a bien quelques facéties du hasard avec lesquelles il faut compter. Mais on doit pouvoir se fier à l'intuition du joueur expérimenté comme au geste de l'artisan chevronné.

Dès le retour de Karine, j'annonce mon intention d'emmener toute la compagnie au restaurant. Julie jubile. Émile paraît se dérider.

J'ai réservé dans une pizzeria du 11e arrondissement. Le décor est banal hormis d'assez beaux tirages sur les murs, des stars du grand écran, Gina Lollobrigida, Marcello Mastroianni, Toto, Claudia Cardinale et Roberto Benigni. Il faut supporter une plongée dans l'histoire de la musique populaire italienne. Mais ils servent les meilleures pizzas de Paris. Je me sens en verve. La langue vaste et légère prise dans le tourbillon des paroles futiles. Au fil du dîner, j'égrène, dans le détail, le hit-parade des bêtises de mon enfance. Je surveille mon fils du coin de l'œil. Émile rit de bon cœur. Je me sens plus détendu. En rentrant à la maison, je le serre dans mes bras avant qu'il aille se coucher. Cette étreinte étourdit le père et le fils comme une liqueur forte.

*

La fête des quarante ans de Vincent perpétue un rituel de la société occidentale urbaine. Agréments exotiques, panachés de quelques touches endogènes. Tabac, alcool, haschisch, marijuana, cocaïne et un choix de pastilles de chimie expérimentale. Dès l'arrivée, Vincent me prend en aparté. Vincent et Marco constituent le noyau dur de mes amis. On s'est connus sur les bancs de la fac. C'est l'époque où je cohabitais avec

Thomas, qui sortait peu, manifestant de sérieuses tendances à la claustration. Il pouvait rester prostré des soirées entières, à la merci de ses démons. Lorsque je ressentais une envie irrépressible de faire la fête, Marco et Vincent se révélaient les fidèles complices de mes virées nocturnes.

J'emboîte le pas de Vincent et le rejoins sur le balcon. Je contemple la ville enveloppée dans une nuit bleue orangée, embrasse au loin d'immenses poches de fumée suspendues dans le vide, puis mon regard s'allonge encore, jusqu'à ne plus voir. Sous une bruine glacée, Vincent me confie que le couple de Marco tangue. Au point que le naufrage ne fait plus de doute. Il a appris la nouvelle en fin d'après-midi. Après sept ans de vie commune, Elsa, sa compagne, boucle ses valises. Sa décision est sans appel. Elle s'installe avec un nouveau petit ami sans prendre le temps d'une période de réflexion ou de transition. Vincent trouve Marco déprimé. Il recommande de rester vigilant, sous-entendant qu'un geste désespéré n'est jamais à exclure. Je promets de veiller sur notre ami commun.

En passant au salon, je le cherche du regard et le repère près de la sono, en franche intimité avec une blonde enjouée. Marco boit ses paroles en la dévorant des yeux. Je m'éloigne rassuré, laissant le naufragé entre les mains de la charmante secouriste. Plus loin, adossé au bar, je distingue Franck, mon collègue du service informatique. Franck ne connaît personne ce soir. Je l'ai fait inviter dans l'espoir de le voir échapper quelques heures à la solitude, un isolement dont j'ai du mal à faire la part entre choisie et subie. Je m'assieds près de lui et fais de mon mieux pour le tuyauter sur les convives alentour. Il me semble que Franck dresse l'oreille sans pour autant que je sois certain d'éveiller un quelconque intérêt.

La soirée languit. Chauffage excessif, poids dans l'air étouffant, immersion longue dans un caisson sans porte ni fenêtre. Les invités s'assoupissent malgré les expédients mis à leur disposition. Je garde mon téléphone à portée de main. Je résiste à la tentation de me mettre à l'écart pour suivre l'évolution des scores en direct. Pas longtemps. Dans l'après-midi, j'ai placé une grosse somme, un pari combiné, quatre victoires en Ligue 1. Cote totale, quatre virgule deux. Mise de départ, trois cents euros, gains potentiels : mille deux cent soixante euros. À la mi-temps, trois des quatre équipes mènent au score. Je me sens pousser des ailes. J'esquisse quelques pas de danse sur *What you know about funk* de Maceo Parker. En deuxième mi-temps, une des équipes sur lesquelles j'ai parié encaisse un but. Le score redevient nul. Pour la quatrième équipe, le score est toujours vierge. À dix minutes de la fin du temps réglementaire, l'équipe qui s'est fait remonter au score reprend l'avantage. J'exulte. Il ne manque plus qu'un but, un tout petit but de la quatrième équipe et c'est dans la poche. Tapi dans un coin du salon, je me glisse derrière un fauteuil pour échapper aux regards. Les secondes défilent mais le score ne semble pas vouloir évoluer. Il ne reste que cinq minutes avant la fin du match. Sur l'écran, je vois un penalty s'afficher, sifflé en faveur de l'équipe qui n'a toujours pas réussi à marquer. L'euphorie me gagne. Je fixe le téléphone avec ferveur en espérant voir le penalty transformé. Des perles de sueur roulent sur le front, dévalent les joues. Les secondes, comme des fragments de temps pulvérisés en miettes. Le but ne s'affiche toujours pas. Et soudain, sur l'écran, apparaît la mention « penalty manqué ». Je pousse un cri de détresse. Le niveau sonore de la musique ambiante absorbe l'essentiel des décibels. Seuls les voisins, un couple qui s'est mis à l'écart, me dévisagent avant de se replonger dans les caresses lascives. Le score n'évolue pas. Le match s'achève sur un zéro à zéro . Je suis dépité. Je viens de perdre plus de mille euros parce qu'un abruti avec des chaussures à crampons n'a pas été foutu de mettre la balle au fond des filets. Un gars qui touche cent fois mon salaire mensuel. Ensuite, je goûte à peu près toutes les drogues qui circulent ce soir-là. Mais je n'aurais pas dû toucher aux pastilles de chimie expérimentale. En me portant jusqu'au lit, Karine regrettera amèrement ma curiosité.

*

Les semaines suivantes, je parie raisonnablement. Je reste à l'affût. En quête du gros coup. Une cote assez sûre pour placer plusieurs milliers d'euros. J'hésite, tergiverse devant des cotes alléchantes. Et m'abstiens au dernier moment, paralysé par l'enjeu. Les petits gains s'accumulent malgré tout. En quinze jours, j'amasse près de mille euros.

Mais la dernière semaine est celle de la déveine. Je parie de petites sommes sur des cotes raisonnables, 1,5 ou 1,75. Je perds. Je veux me refaire en misant de grosses sommes sur de petites cotes, des 1,2 ou 1,3. Je perds aussi. Et comme disent les joueurs de poker, je pars en tilt. Je perds mon sang-froid. En voulant me refaire, je joue n'importe quoi, n'importe comment jusqu'à la fin de la semaine. Je mise à l'aveuglette, ne tenant plus aucun compte des statistiques. Le vendredi, j'ai perdu ce que j'avais gagné le fameux samedi norvégien, l'intégralité des onze mille euros. Je suis en transe. J'ai le sentiment d'être maudit. J'en appelle aux puissances surnaturelles. Je réclame la pitié, m'agenouille. Les yeux plantés sur les faux plafonds de mon bureau, balayant du regard les conduits de la climatisation, je quémande les faveurs d'une divinité, n'importe laquelle, pourvu qu'elle ne soit pas trop occupée ailleurs, qu'elle puisse, entre deux libations, se libérer quelques minutes afin de se pencher sur mon sort. Humble parmi les humbles, je me prosterne, m'allonge sur le ventre, cherchant à concilier les forces du destin. Mais les voix célestes se montrent indifférentes à mon malheur. Alors, scrutant un ciel désespérément vide, je me mets à blasphémer comme je ne m'en serais jamais cru capable.

Ce vendredi-là, en fin d'après-midi, j'ai de nouveau bloqué ma carte bleue.

Je rentre à la maison d'une humeur exécrable. J'ai suivi le match, ma dernière mise malheureuse, au bureau. Là où je peux le faire en toute quiétude. Je rentre tard. J'ai oublié qu'avec Karine, nous sommes invités. Elle me pousse sans ménagement dans la salle de bains.

La douche me fait grand bien. Le ruissellement de l'eau sur la peau m'apaise. Mais en me séchant, quand je me trouve nu face au miroir, je suis assailli par des bouffées d'angoisse qui compriment et pèsent. Je me débats. J'ai l'impression que mes pieds ne touchent plus le sol. Je me sens flotter au-dessus du carrelage. Dans le miroir, je peux vérifier que mon corps, enveloppé dans la serviette, est bien ancré sur le sol. Mais ma conscience m'indique clairement le contraire.

J'entends enfin la voix de Karine qui s'impatiente derrière la porte.

Nous arrivons avec une bonne heure de retard chez nos hôtes. Les Sulzer, un couple de galeristes suisses. Le dîner est servi dans leur pied-à-terre parisien, un hôtel particulier qui avoisine les trois cents mètres carrés sur l'île Saint-Louis. Les deux galeries, celle où travaille Karine et celle des Sulzer, exposent les mêmes artistes. Elles ont, depuis des années, noué contact. Véra, la patronne de Karine, évite ce genre de réjouissances. Elle a délégué les relations publiques à Karine, qui se prête à ces mondanités de bonne grâce, y voyant l'occasion d'élargir son cercle relationnel, d'étoffer un carnet d'adresses qui lui sera indispensable quand elle ouvrira un jour sa propre galerie.

Les soirées chez les Sulzer s'organisent autour d'un buffet pourvu par les meilleurs traiteurs parisiens. Les artistes promus par les deux galeries sont conviés à y parader, dans l'espoir de séduire des clients potentiels, des invités qui ont les moyens de s'offrir des œuvres dont la cote et la place dans l'histoire de l'art s'avèrent bien mal assurées.

Malgré un menu alléchant – marinade de queues d'écrevisses, roulades de sole, côte de bœuf en croûte de sel –, je ne me sens pas vraiment à l'aise. D'ordinaire, cette comédie m'amuse. Je prends plaisir à observer comment les jeunes artistes se montrent. Comment, à défaut d'œuvre, ils s'exhibent.

Mais ce soir, je suis incapable de légèreté. Les artistes invités le devinent. Ils redoublent de coups bas et d'agressivité quand ils apprennent que je ne suis qu'un cadre moyen, salarié d'une banque. Je ne suis pas un client potentiel. Mes rapports avec Karine sont suffisamment compliqués pour que j'esquive. Je tente d'éviter les heurts. Ravale encore ce qui ne tient déjà plus dans la bouche. Je bois pour encaisser les coups. Puis commence à en donner. Assez, dans un premier temps, pour calmer les ardeurs des plus intrépides. Je m'enferme quelques minutes dans les toilettes pour faire le point, recouvre lentement mon calme. Mais en me lavant les mains, je croise, dans le miroir, au-dessus du lavabo, un regard mauvais que je ne me connaissais pas. Un moment à ce point ténu, fugace, que je peux le chasser de l'esprit, douter qu'il a existé. Je fais mine d'être abusé par mes sens. Je balaie l'incident sous le tapis de ma conscience. Loin d'imaginer les surcroîts en latence.

De retour au salon, je me fais discret, garde mes distances. Mais les provocations se multiplient. Je bois trop et franchis la limite de la bienséance à plusieurs reprises. Et soudain, je verse mon verre de Bourgogne, un corton-charlemagne, sur la chemise blanche d'un vidéaste expérimental qui m'a particulièrement cherché. Le jeune homme reste sous le choc, muet, à la recherche des mots qui pourraient traduire son émotion. Je le sens sur le point de retrouver l'usage de la parole, de réagir. Mais je ne lui en laisse pas le temps. Je lui écrase un chou à la crème aux framboises, sauce chocolat-caramel, sur la figure et lui demande, dans la foulée, ce qu'il pense de ce *happening*. Ma démarche artistique est jugée terroriste. Elle jette un froid dans l'assemblée. Karine comprend qu'il est temps de quitter les lieux. Elle prétexte la relève d'une nounou souffrante pour s'éclipser.

Dans le taxi, je tente de me justifier. Le silence de Karine est éloquent. Je n'insiste pas. J'envoie tout ce petit monde au diable et reste coi. Le chauffeur, sentant le trouble de ses passagers, ne se montre pas plus loquace. Seule la radio à bord s'obstine à diffuser une version fadement remixée de *I Will Survive*.

Le taxi file dans la nuit pluvieuse et disparaît sous terre. Dans la lumière des néons orangés du tunnel, à la sortie d'un virage, mon regard est attiré par des traces sombres sur le sol, sur les murs et le rail de sécurité. Il me faut quelques secondes pour comprendre. Une constellation de taches, les stigmates d'un accident. Personne n'a encore pris la peine de nettoyer la chaussée à fond. Un choc dont on devine la force. J'imagine le corps d'un motard projeté dans l'air. Qui, dans le même mouvement, décolle et s'écrase. Avant d'avoir même eu peur, avant d'avoir pu trembler. Le sang de la victime versé sur plusieurs mètres. Je déglutis.

Le taxi remonte à la surface. Sur le reste du trajet, je suis d'un œil inquiet le ballet des voitures dans le Paris nocturne. Cohortes de conducteurs aux motivations obscures. Véhicules qui se croisent sans se télescoper. Je pense à toutes ces voitures qui se percutent au hasard, par distraction, par une subite absence du conducteur. Béances dans l'agencement. Chaos. Vanité que de vouloir exercer un quelconque contrôle sur le cours de sa vie.

Cette pensée tente de s'imposer avec force à mon esprit. Mais il y a quelque chose en moi qui résiste, refuse d'admettre la simplicité de cette évidence.

Le taxi dépose ses passagers devant la porte d'entrée

de l'immeuble. La pluie tombe drue. Nous courons jusqu'au porche. En prenant place dans l'ascenseur, je me rappelle la gêne que j'ai ressentie en le partageant avec des inconnus. L'ascenseur est conçu pour deux personnes. Son exiguïté favorise la promiscuité. Avec Karine, j'ai plutôt eu l'habitude de jeux érotiques. Ce soir-là, le couple fixe son propre reflet dans le miroir. Aucun de nous deux n'y reconnaît l'image que l'on se fait de notre histoire. L'ascenseur s'ébranle enfin. La voix de Karine tente de couvrir le crissement strident des câbles fatigués.

— Tu m'as fait honte ce soir.

— J'ai fait ce que j'ai pu.

— Eh bien non, justement, je ne crois pas.

— Tu crois ce que tu veux.

— Il n'y a pas si longtemps, il me semble que tu pouvais faire beaucoup mieux que ça.

— Il n'y a pas si longtemps, il me semble que tu ne me parlais jamais sur ce ton-là.

Nous n'échangeons plus un mot de la soirée. Une fois Karine couchée, je me dirige vers l'ordinateur. En contemplant la page du site qui s'ouvre à l'écran, je me souviens que le compte de paris est à sec et ma carte bleue bloquée. Je réfléchis. Pas longtemps. J'entrevois rapidement l'alternative, la seule viable. Utiliser la carte de Karine. Mon pouls s'accélère. Des flux d'adrénaline, en courtes vagues. J'entrouvre la porte de la chambre, perçois la respiration rythmée qui suggère le sommeil.

Je me dirige vers la cuisine et ouvre le sac à main de ma femme. Je choisis de rester dans le noir au cas où elle se réveillerait subitement. J'aurais l'air de quoi ? Mes doigts errent à l'aveugle dans le sac qui paraît soudain immense avec tous ces recoins et ces multiples poches intérieures. Je pose enfin la main sur le petit étui convoité.

Je fais un premier dépôt de deux cents euros. L'alcool des Sulzer m'irrigue les veines. Et ne m'invite pas à la clairvoyance. Je mise sur des paris en direct. En prenant des cotes très élevées, des cinq ou six contre un. Des paris sur l'évolution des scores en fin de match. Je gagne un peu d'abord. Puis c'est l'hémorragie. Je fais de nouveaux dépôts et multiplie les risques. Au bout d'une heure et demie, j'ai perdu plus de deux mille euros. Une saveur amère dans la bouche asséchée par le stress. Mon rythme cardiaque redescend lentement. La respiration s'est ralentie. Je ne transpire plus. Je referme brutalement le capot de l'ordinateur. Je reste immobile, stupéfait. L'extase de la perte.

Fouettée par de violentes bourrasques, la pluie s'écrase avec fracas contre les volets. Je fixe le mur devant moi, la cloison qui sépare le salon de la cuisine, recouverte d'un enduit blanc cassé. Un interrupteur. Celui qui commande la petite lampe rouge, la lumière tamisée du salon. J'imagine un instant l'interrupteur relié à mon désir de jouer. Un commutateur qu'il suffirait de basculer pour que toute envie de parier disparaisse.

Je l'actionne. L'obscurité, profonde. Je me saisis de la bouteille de vodka. Je la soupèse pour en jauger le contenu. Elle est vide. Je la retourne. Fais glisser les dernières gouttes sur ma langue. Ferme les yeux. Mon champ de vision s'élargit. L'océan se déploie à perte de vue. Mon regard se détache de l'énergie apaisante de la ligne d'horizon. Je scrute la surface, les sens en alerte, à la recherche d'un trouble, une perturbation inhabituelle dans la fréquence des ondes. Derrière le voile brumeux, récifs, atolls et vortex se jouent de la régularité des vagues. Rien d'autre dans l'apparente quiétude du paysage. Sinon un écho caverneux, la chute d'une bouteille vide qui rebondit sur la moquette et roule vers la chambre.

Je relève le capot de l'ordinateur, la carte bancaire de Karine à portée de main. Je tremble légèrement en ouvrant la page du site de jeux en ligne. La fièvre me regagne peu à peu. Je vais faire un nouveau dépôt. Je vais miser. Un flux de chaleur se propage dans les reins, le long de la colonne vertébrale. Cette période de poisse ne peut pas durer infiniment. Je vais me refaire. Et après je me sentirai mieux. Je vais regagner ce que j'ai perdu ce soir. Et je serai apaisé. Si le pari tourne mal, si mes pronostics se révèlent erronés, je rejouerai. Je ferai un nouveau dépôt, une nouvelle mise, qui m'entraîneront un peu plus tard, un peu plus loin dans la nuit. Mes paris finiront par rentrer, les uns après les autres. J'enchaînerai les combinaisons jusqu'au pactole. Je vais toucher le gros lot, j'en suis sûr. Je pourrai vivre alors comme bon me semble. La fin de ces nuits à veiller. Je ne serai plus la proie de cette fatigue qui me laisse sans force, amorphe, vidé. Livré aux convulsions compensatrices de mes nerfs.

L'ordinateur se rallume. La lumière de l'écran irradie mon visage, un halo bleuté. Quand la fenêtre du site se rouvre, mon corps s'inonde d'adrénaline, mon cerveau d'endomorphine. La dopamine afflue dans le lobe frontal. Et j'éprouve une impression de liberté. Un sentiment qui me surprend, comme l'irruption de cette pensée connexe, celle que je n'ai jamais été aussi près du bonheur.

Quelques heures plus tard, j'ai explosé le plafond du découvert autorisé. Mais le pire est ce dont je viens de me rendre compte à l'instant : la carte de Karine est maintenant bloquée, elle aussi.

La situation financière devient catastrophique. Le crédit *revolving* me permet de couvrir la moitié des pertes. Mais je n'ai pas d'autres recours de crédit. Mon contrat de travail interdit de contracter avec un autre organisme bancaire, quel qu'il soit. Dans quelques heures, les facturations du site bloqueront le compte commun. Il va falloir trouver une solution. Rapidement. Mais je choisis de remettre toute décision à plus tard. La fatigue de la semaine conjuguée à l'état d'ébriété avancé me rend amorphe. Un coup derrière la tête qui me laisse inerte, sans réaction. J'éteins l'ordinateur. De la rue, au loin, me parviennent des cris. Puis le hurlement d'une alarme. Quelques minutes plus tard, des sirènes de police rugissent dans la nuit. Mais je n'entends plus rien. J'ai sombré dans un sommeil profond, sans rêve.

*

L'ambiance est tendue. Une crispation dans le bruissement harmonieux des caisses enregistreuses. J'aperçois Karine debout, immobile près de la porte automatique. Curieusement droite et digne pour un lieu aussi trivial. Les enfants sont arrimés à ses jambes, cherchant abri derrière le rempart maternel. Plus loin, un agent de sécurité monte la garde devant un caddie plein de victuailles. Je lis le montant de la note que Karine me tend et paie le vigile. Les clients du supermarché, en file indienne à la caisse, regardent notre famille s'éloigner comme si elle venait de commettre un vol à l'étalage.

J'ai mis du temps à me réveiller. Mon téléphone a sonné plusieurs minutes avant que je n'émerge. Ensuite, j'ai écouté la voix irritée de Karine sur le répondeur. J'ai immédiatement compris, malgré des connexions neuronales dévastées par l'alcool.

Habituellement, c'est moi qui suis en charge des courses. Je m'occupe du remplissage hebdomadaire du frigo. Karine travaille les samedis. Sauf ceux qui suivent des dîners chez les Sulzer. Et cette déroute financière est précisément tombée ce jour-là.

Sur le trajet, avant de rejoindre Karine, je me suis arrêté au distributeur de billets. J'ai prié pour que les opérations de débit n'aient pas déjà bloqué le compte. J'ai parlé à la machine comme j'aurais imploré la déesse des appareils ménagers. J'ai tapé le code, tentant d'établir le pacte d'un rituel magique avec les forces païennes de l'informatique. J'ai transpiré en attendant la sentence. Une odeur rance d'alcool mal digéré me suintait par les pores de la peau. Le distributeur a hoqueté avant d'obtempérer. Il a enfin craché six billets flambant neufs. En m'éloignant, j'ai jeté un dernier coup d'œil au distributeur, l'impression qu'un psychotique venait de converser avec une divinité de briques tartinées de crépi.

Sur le chemin du retour, la tension monte d'un cran. Karine doit sentir confusément ma responsabilité. Je suis salarié de la banque à l'origine de sa honte. Je suis associé à l'humiliation qu'elle vient de subir. Mais elle ne peut rien pressentir de plus. Je prends les choses en main.

— Tu n'as pas pensé à sortir pour retirer au distributeur ?

— Je ne sais pas, je n'y ai pas pensé. Je me suis dit que la carte devait être défectueuse.

Karine ralentit son pas. Elle réfléchit à toute vitesse.

— D'ailleurs, pourquoi tu n'as pas payé avec ta carte ? Tu es allé directement au distributeur ?

— Je n'ai pas eu le temps de t'en parler, mais j'ai eu un paiement rejeté sur Internet, hier soir. Il doit y avoir un *bug* informatique à la banque. Je vais me renseigner.

Deux heures plus tard, Karine a oublié l'incident. Elle emmène les enfants au cinéma. Lorsque je me retrouve seul, que les dernières vapeurs d'alcool se dissipent, je me rappelle en détail le naufrage de la veille. Et combien j'ai perdu surtout. Quand les débits seront informatiquement intégrés, ce sera la catastrophe. Je recevrai un appel de la banque pour me signifier que j'ai explosé le découvert autorisé et le compte bancaire sera bloqué. Je me tasse sur mon siège. La main se crispe, les doigts raclent l'accoudoir du fauteuil. Quand je relève le poignet, reste un peu de panique sous les ongles.

*

Marco loue un trois-pièces bien distribué avec une petite terrasse ombragée d'où l'on a une vue splendide sur Paris. Un salon-cuisine particulièrement spacieux. La chambre à coucher donne sur une rue très calme. La troisième pièce, un réduit de six ou sept mètres carrés, est dédiée à la musculation. Je connais son existence mais n'ai jamais eu l'occasion de l'examiner de près. En suivant Marco, j'ai enfin le loisir d'admirer les machines qu'elle abrite. La petite pièce n'a rien à envier à une salle de torture de l'Inquisition. Même si j'ignore quelle hérésie il s'agit ici d'expier. D'autant que le bourreau et le supplicié se confondent, ce qui n'aide en rien à la clarté des débats. La pièce ne comporte qu'un vasistas posé sur la soupente et s'aère mal. Les murs et le sol sont imprégnés de la sueur du lutteur solitaire. Un parfum aigre prend la gorge en entrant. Le niveau de la musique agresse l'ouïe. Puccini y est poussé au maximum. Je connais le goût marqué de Marco pour l'opéra. Mais je n'imaginais pas qu'il puisse s'adonner à la culture physique en écoutant *Madame Butterfly*.

Je m'assieds sur un tabouret en bois. Marco, allongé par terre, soulève la fonte. Il ahane en poussant des grognements inhumains. J'ai tout le temps d'admirer les posters de types gonflés aux stéroïdes qui couvrent les quatre murs de la chambre et même la porte.

Au sol, Marco ne gémit plus. Il s'accorde une pause. Je place ma voix au-dessus de celle de la soliste, l'interprète de Cio-Cio-San.

— On peut baisser un peu le volume, tu crois ?

Marco, surpris, me fixe comme s'il venait de se souvenir de ma présence. Il s'exécute à contrecœur.

— Dis donc, je suis un peu raide, là. Tu pourrais me dépanner ?

— Qu'est-ce qu'il se passe ?

— Bon, ce serait un peu long à expliquer.

— De combien tu as besoin ?

— Deux mille, plus si tu peux.

Marco s'est relevé. Il siffle entre ses dents. Je baisse les yeux.

— Tu es sûr que tu ne veux pas en parler ?

— Je t'expliquerai. Mais plus tard.

Je relève la tête et implore du regard.

— Bon, écoute *amico*, si tu ne veux rien me dire, c'est ton affaire. Je ne suis pas très en fonds, tu sais ; je suis tout seul à payer le loyer maintenant. Mais je te dois bien ça.

— C'est sympa.

Marco disparaît dans l'autre pièce. Je me sens seul avec tous ces hommes et ces femmes musclés qui me dévisagent. Il me semble même, pendant une seconde, que ce petit monde ricane, qu'ils profitent de ma faiblesse, prenant vie sur les murs, avançant pour m'appuyer un peu plus sur la tête.

Marco réapparaît, un chèque à la main.

— Tu me les rendras, *amico* ?

— T'inquiète mon pote.

En quittant l'appartement de mon ami, je longe la Seine en direction de celui de Vincent. Dans l'eau du ciel, les nuages dessinent la silhouette d'un canot à la dérive, friable, poreux, sans mât ni gouvernail, frayant dans une mer peuplée de créatures vouées à la corruption des équipages.

Vincent n'est pas chez lui mais je réussis à le joindre sur son portable. Il promet de me faire un virement dès qu'il rentrera de son week-end en Normandie. Je pense à Éric pour le reste. Je le solliciterai lundi matin, au bureau. Je suis convaincu qu'il ne me refusera pas ce service. Son salaire à la banque, c'est de l'argent de poche.

Je rentre chez moi exténué. Toute cette tension m'a épuisé. Je n'avais pas imaginé que l'univers puisse se contracter au point que l'on y trouve si peu d'air à respirer. Je me sens soulagé. Je sais que je pourrai passer une fin de mois sereine.

À peine ai-je franchi le seuil de l'appartement que je stoppe net. Karine est assise à ma place, attablée à mon bureau, devant mon ordinateur allumé. Elle fronce les sourcils, absorbée par sa lecture. Je reste immobile, tétanisé. La stupeur d'une bête débusquée. J'imagine que Karine, par une astuce quelconque, a trouvé l'adresse de mon site de paris. Qu'elle examine le compte en détail. Elle perçoit soudain ma présence.

— Ah ! Te voilà ! Cette machine me rend folle !

Karine m'expose le sujet de ses préoccupations. Je bloque un rire nerveux et reprends mon souffle. Elle vient d'essayer de se connecter au service en ligne de la banque, sans succès. Son mot de passe est systématiquement refusé.

— C'est quand même étrange, tu ne trouves pas ?

— Je vais regarder. Qu'est-ce que tu cherchais ?

— Cette histoire de carte bleue me tracasse. Je voulais vérifier que l'on ne s'est pas fait pirater le compte.

Je me tiens derrière Karine. Fais mine de m'intéresser. Tape moi-même l'ancien mot de passe comme pour vérifier ses dires. Message d'erreur. Je prends un air désabusé.

— Ça confirme l'hypothèse du *bug*. Ou peut-être un gros travail de maintenance. Je ne suis pas sûr qu'il faille s'affoler.

Karine a tout de même l'air inquiète.

— Tu ne veux pas appeler ton copain au service informatique ? Comment il s'appelle déjà ?

Je ne comprends pas pourquoi elle insiste. Il y a toujours une division implicite des tâches dans un ménage. En l'occurrence, c'est moi qui gère l'argent.

— Non, tu penses, je ne vais pas emmerder Franck pour ça un week-end. Ce n'est sûrement pas grand-chose. J'en saurai plus au boulot lundi. Un problème de serveur, j'imagine.

Karine ne fait pas d'autres allusions aux problèmes bancaires. J'estime que le danger est passé. Avec quand même le sentiment d'avoir frôlé le désastre.

Le dimanche soir, je suis allongé dans le noir sans trouver le sommeil. En fermant les yeux, je vois la lumière d'une de ces étoiles que l'on dit éteintes depuis longtemps. Et j'imagine des lignes tracées au-dessus du vide qui me portent, sans plus d'obstacle, vers les confins, vers ces amas de matière noire. Puis la force d'une main qui me pousse dans le dos. Et quand je sens les amarres tout près de rompre, le cri de quelque chose qui tombe à l'intérieur, comme le cruel verdict du corps.

NOVEMBRE

La villa de mes beaux-parents se dresse au milieu d'un jardin arboré de huit cents mètres carrés. L'aménagement de la maison de Jean-Claude et Marie-France pourrait se résumer par le mot « trop » : trop de tissus, trop de meubles, trop de bibelots, trop de tout. Marie-France court les antiquaires et les brocanteurs. Son intérieur ressemble à la succursale d'un de ces boutiquiers.

À soixante-dix ans, Jean-Claude garde la forme, une silhouette qui lui en fait paraître dix de moins. Jean-Claude est à la retraite, après avoir exercé, une vie durant, la profession de prothésiste dentaire. Il parle, depuis le début du repas, de la concurrence déloyale des fabricants du sud-est asiatique. Avec la complicité des praticiens-de-chez-nous, ces industriels cassent les prix et inondent le marché. En proposant à ses invités une nouvelle rasade d'un grand cru classé, mon beau-père s'indigne du comportement de ces chirurgiens-dentistes de nos villes et nos campagnes qui revendent au prix fort des prothèses de piètre qualité.

Je me suis déjà absenté trois fois en prétextant un passage à la salle d'eau. Je m'enferme pour consulter l'évolution des scores. J'ai renfloué le compte *in extremis* grâce à la générosité d'Éric. J'ai recommencé à jouer dans la semaine, en restant prudent. J'ai compris la leçon. Si je veux devenir un joueur sérieux, je ne dois pas laisser de place aux sentiments. Ne pas miser sous l'effet de la colère, dans le but de regagner immédiatement ce que je viens de perdre. Rester rationnel dans chacun de mes paris. Attendre les bonnes cotes, l'occasion de se refaire même s'il faut patienter plusieurs jours. Je viens de recevoir la plus grande leçon de mon apprentissage. Si je veux progresser, je dois me montrer capable de sang-froid.

Mes paris du jour me rapportent deux cents euros. Ces bons résultats agissent comme un baume, un principe hydratant sur un dîner asséché par l'ennui.

Alors que je me rassois après ce passage aux toilettes, Jean-Claude se met soudain à gloser sur l'Euromillion. Il se montre d'un coup gêné, maladroit. Secoué d'un petit rire forcé, il relate le contenu d'un article qu'il a parcouru dans un magazine. Il s'agit de la probabilité qu'il y a de gagner le gros lot à ce jeu. Il démontre, preuves statistiques à l'appui, que l'occurrence est faible, très faible, proche du miracle. Jean-Claude souligne le mot miracle, cherchant l'approbation. Tout le monde, autour de la table, acquiesce. Marie-France conclut qu'il faut être ignorant pour miser de l'argent sur un tel événement. Ignorant et irresponsable, souligne-t-elle. Avec un regard appuyé dans ma direction. L'histoire de Jean-Claude et le verdict de Marie-France sont suivis d'un silence pesant. Comme si tout le dîner n'avait été qu'une mascarade, qui trouvait là sa raison d'être. C'est dit, il n'y a rien à ajouter. La pièce est finie, le duo salue. Rideau. On bavarde encore un peu au dessert puis nous prenons congé.

Dans le taxi du retour, le silence est palpable. Je rumine, épuisé d'avance par ce qu'il reste à penser. De quoi ce petit monde est-il au courant ? Karine a dû raconter que je passe du temps devant l'ordinateur. Elle a compris que je joue. Elle s'inquiète et s'en est ouverte à ses parents. Jean-Claude a été chargé de la leçon de morale.

À travers les vitres du taxi, sur la route, l'humidité lourde d'une nuit d'automne. Mon regard bascule dans le remuement des lumières au loin. C'est tout ce dont Jean-Claude est capable ? Impossible de parler franchement ? Je sais que mon beau-père n'est pas courageux. Maintes histoires que m'a narrées Karine témoignent de sa lâcheté. Elles peuvent toutes se conclure par ce que l'on appelle communément « faire dans son froc ». Poussé par sa femme et sa fille, il a dû se donner du mal pour inventer cette fable édifiante.

Soraya, la nounou des enfants, empoche les cinquante euros, bâille bruyamment et disparaît dans la cage d'escalier. Je m'installe dans le canapé pour déguster le petit verre de Zubrówka que je viens de me servir. J'ai abusé des grands crus du beau-père. Je me sens ramollir sous l'effet conjugué de l'alcool et de la fatigue. Karine, en chemise de nuit, fait irruption dans le salon. Elle jette un regard dégoûté au verre posé sur la table.

— C'était un coup monté, ce petit dîner improvisé sans les enfants ? J'aurais dû me douter de quelque chose.

— Je crois qu'il faut qu'on ait une petite discussion.

— Et tu as besoin de ton père pour ça ?

— Je n'arrive plus à te parler. À la maison, tu passes ta vie collé à l'ordinateur. Tu bois comme un trou. Tu ne m'écoutes même plus quand je t'adresse la parole.

— Et qu'est-ce que ton père a à voir avec tout ça ?

— J'admets que c'était une mauvaise idée.

— Et puis j'occupe bien mon temps libre comme je l'entends.

— Ne le prends pas sur ce ton-là.

— Je le prends sur le ton que je veux.

— Ah oui ! Eh bien, je vais te dire. T'as intérêt à arrêter tes conneries. Parce que, là, c'est n'importe quoi ! Tu es en train de dépenser de l'argent que tu n'as pas et tu me prends pour une conne ! Tu me mens effrontément.

— Enfin, qu'est-ce que tu racontes ?

Karine parle avec des trémolos dans la voix. Ses gestes se raidissent. Le visage gonflé a viré au rouge. Ses mots me percutent avec la force d'un discours travaillé pendant des heures.

— J'ai appelé la banque, figure-toi ! Il n'y a jamais eu de *bug* le week-end dernier. Bizarre, non ? Alors je suis allée à l'agence et ils m'ont donné un nouveau mot de passe pour accéder aux comptes et…

Karine sanglote. Des larmes glissent le long de ses joues. Ses mains couvrent maintenant le bas de son visage.

— … J'ai découvert ce que tu fabriques depuis des mois.

Je reste muet, les yeux plongés dans la vodka. Je saisis mon verre. L'avale d'un trait et me ressers aussitôt. Je n'ose plus regarder Karine dans les yeux.

— Oh, Richard ! Tu es malade ! Il faut te faire soigner.

Je me lève d'un bond. Mon pied heurte la table. Le contenu du verre de vodka se répand sur le tapis. Je crie.

— Je ne suis pas malade ! Je joue un peu de temps en temps, c'est tout !

Karine est effarée.

— Un peu de temps en temps ? Tu es complètement givré ! Tu as dépensé plusieurs dizaines de milliers d'euros en deux mois ! Et tu as même utilisé ma carte bleue. Tu as joué avec *ma* carte bancaire !

Je me suis rapproché de Karine. Je la menace physiquement. Son visage est à quelques centimètres du mien. Je la fixe, les yeux pleins de rage.

— Ça suffit !

Karine recule d'un pas sans me quitter des yeux. Elle pleure à chaudes larmes.

— Qu'est-ce qu'il y a ? Tu vas me frapper ? Tu vas me frapper moi aussi comme tu frappes les enfants ?

— Qu'est-ce que…

Le calme, d'un coup. Je tombe sur le canapé, la tête

dans les mains. Les mots ralentissent, tournent, m'accablent de leur résonance longue. Karine redouble de colère.

— Tu crois que je ne sais rien ? Tu crois que je ne suis pas au courant de ce qui se passe dans cette maison ? Tu me prends vraiment pour une conne, hein ! Fais-toi soigner et vite ! Je te préviens que tu ne m'emmèneras pas avec toi au fond du trou ! Et les enfants non plus ! Tu sais très bien que j'économise depuis des années pour avoir ma propre galerie, sans avoir à demander quoi que ce soit à mes parents, pour une fois. Et on dirait que tu prends un malin plaisir à tout foutre en l'air !

Karine disparaît dans la chambre en claquant la porte.

Je reste seul, assis dans le canapé. Je me sens mal à plusieurs titres. Il y a une chose en particulier qui m'obsède. Je me demande pourquoi j'ai frappé mon fils. Je me revois en train de gifler Émile. Pourquoi, surtout, je n'ai rien dit à Karine. C'est arrivé une fois, une seule. Mais pourquoi ne lui en ai-je pas parlé ? Je me sens misérable. Je me ressers un verre de Zubrówka. Je m'étends sur la moquette et contemple le plafond, sentant ma vie se défaire. Je m'assoupis. Sur le dos d'une immense baleine émergeant des profondeurs, des sportifs s'ébattent à la poursuite d'un ballon rond. Visages ouverts, boucles rondes ou cuivrées, ébouriffées par le vent. Un large sourire vissé aux lèvres, ils respirent le bonheur de jouer ensemble sur le grand tapis blanc.

*

Sur Internet, je déniche une location de dernière minute. Au bureau, j'improvise en posant *in extremis* cette semaine de vacances imprévues. J'emmène les enfants. Karine reste à Paris. Une opération que je baptise « semaine de rachat ».

Le lendemain du dîner chez les beaux-parents, on s'explique. Je fais amende honorable. Je commente le dérapage. J'évoque ce moment dans la vie où l'on bifurque, où l'on sort des rails. Où l'on fuit dans la dépression, dans l'alcool, dans la drogue. Dans le jeu. L'addiction, une branche à laquelle on se raccroche quand le sol se dérobe. J'enchaîne sur la crise de la quarantaine. J'ai perdu pied, cherché un ailleurs, un monde parallèle. Un univers proche de celui dans lequel on se débat mais où les règles ne seraient plus les mêmes, où elles se simplifieraient. Où chaque pensée, chaque geste, chaque mot pèserait son poids exact, serait traduisible en pari, statistiquement mesurable. Je me suis construit un monde fictif. Je remercie Karine de m'avoir fait prendre conscience de mon erreur. Me voilà de retour au monde réel.

Nous pleurons tous les deux dans le salon, enlacés. Karine passe l'éponge. Elle me réaffirme son amour. Elle croit en l'avenir de notre couple. Je fais mes valises, direction la gare.

Confortablement assis dans le train, je repense à ce que m'a glissé Karine, sur le palier, avant de partir : redeviens toi-même. Cette expression me plonge dans une réflexion abyssale. Plus je cherche à approcher quelque chose qui serait moi-même et plus cette chose me paraît insaisissable. À peine entrevue, elle m'échappe. Comment faire autrement qu'être soi-même ? Être quelqu'un d'autre ? Mais qui ? Et si l'on est devenu quelqu'un d'autre, comment faire pour que cette dernière personne que l'on ne connaît pas redevienne un soi-même que l'on ne connaît pas davantage ? Le jeu m'a-t-il transformé ? Ou bien, au contraire, est-ce cette nouvelle personnalité qui a fait de moi un joueur ? Je dispose d'une semaine pour éclaircir mes idées. Sur la banquette d'en face, les enfants commencent à se disputer. Émile vient d'écraser brutalement le Kinder Surprise de sa sœur dans l'unique but de la provoquer, de l'humilier. Les hurlements de Julie m'offrent une issue. Je sors d'un cercle vicieux dans lequel je m'engluais sérieusement.

Nous atterrissons dans un village du pays Bigouden, aux confins de la Bretagne. La maison louée est confortable. Mais, suivant l'orientation du vent, il y règne une odeur de lisier que le site vantant les mérites du séjour a omis de mentionner. La location est à ce point isolée que mon portable ne capte pas. Il faut remonter jusqu'au bourg pour trouver la première couverture de réseau. Sans prothèse numérique, les deux premiers jours de vacances se révèlent idylliques. Je me sens moins dépendant, moins sensible à l'appel des machines, du potentiel ludique qu'elles représentent. Je m'occupe des enfants. Nous passons le temps en jouant dans la maison. Le séjour est ponctué de promenades, quand le nuage desserre son étreinte. Je sens que je retisse le lien distendu. Au fil des jours, je m'interroge sur la préexistence de ce lien. J'ai l'impression de les avoir laissés grandir sans m'y intéresser. Maintenant que je les observe, je me rends compte qu'ils me sont étrangers. Comme si j'avais simplement cohabité avec eux, joué un rôle de parent *a minima*. Se donner le change, faire illusion pour échapper à la culpabilité. Cultiver les apparences du père ordinaire en puisant dans les représentations communes de la fiction sociale. Au fond, je sais que je n'ai jamais véritablement investi la relation.

Par la fenêtre, j'observe Émile et Julie, pataugeant dans des cirés jaunes trop grands, traverser la pelouse sous la pluie en direction du jardin mitoyen. Les enfants collectent, depuis le début du séjour, les miettes de pain. Ils s'obstinent à nourrir les poules naines du voisin, de l'autre côté du grillage. Avoir des enfants. Karine avait dû insister pour que je m'y résolve. Pour que le désir s'immisce en moi. Quand les choses s'étaient précisées, quand j'ai assisté à la naissance d'Émile, l'émotion m'a submergé. Une joie immense, sans arrière-pensée, d'une grande pureté. J'ai savouré ce bonheur, renouvelé à la naissance de Julie.

Mais je me souviens de ce que j'ai répondu quand mes amis m'ont interrogé. Quand ils ont accouru pour recueillir les impressions du jeune père. J'étais le seul, à l'époque, parmi les proches, à avoir engendré. Ce qui m'est venu, c'est le mot amputation. Je leur ai parlé d'une amputation à l'envers. J'aurais pu utiliser le mot greffe puisque je voulais exprimer le sentiment d'avoir acquis un membre supplémentaire, quelque chose dont je devrais me soucier toute la vie, et qui m'accompagnerait vraisemblablement jusqu'à la mort. Mais c'est l'expression *amputation à l'envers* qui s'est imposée. De quoi ai-je pu me sentir amputé ? Cette question me laisse encore aujourd'hui perplexe.

Le troisième jour, comme les deux précédents, je grimpe jusqu'au bourg pour téléphoner. Je rassure Karine sur l'état de santé des troupes. Je dresse un rapide bilan de ma cure. Cet après-midi-là, je suis contraint de rester dans la voiture, la pluie redoublant d'intensité. Je m'apprête à remettre le contact après un compte rendu que je juge satisfaisant, lorsque mon regard est attiré par une enseigne bleu-blanc-rouge accrochée au bar d'en face, de l'autre côté de l'église. J'ai bien remarqué cette enseigne de la Française des Jeux la veille et l'avant-veille. Mais j'ai réussi à la chasser rapidement de mon esprit. Le logo lumineux est suspendu au-dessus d'un bar tabac PMU Loto baptisé « Le Chiquito » qui, monde rural oblige, propose un nombre prodigieux de services de proximité. Je sors de la voiture, me dirige vers « Le Chiquito » et me tiens là, debout, immobile, sous la pluie sans oser en franchir le seuil. Après tout, je peux bien faire un pari. Une petite somme. C'est sans conséquence. Karine n'en saura rien. Ça me distraira un peu. Je m'ennuie ferme dans ce trou.

La pluie m'a maintenant trempé jusqu'aux os. Les clients du « Chiquito » observent d'un œil mauvais l'étranger seul, immobile, dans la bourrasque, planté devant l'entrée du bar. Ils sont rassurés en attendant les flic-floc réguliers de mes pas sur le carrelage. Je m'approche du comptoir dédié aux paris sportifs. Je prends connaissance des cotes, coche les cases des bulletins et passe à la caisse. Je parie cinquante euros sur les résultats de trois matchs de Ligue 1.

Sur le chemin du retour, en dévalant la colline, j'aperçois au loin les limites de la terre sous la vaste pluie. Je me gare sur le bas-côté et arrête le moteur. Les champs et derrière les rochers, la plage. À la lisière de ces paysages remués, pierres âpres, herbes folles, sauvages. Et les premiers reflets de l'océan, la naissance d'une peau, une enveloppe que l'on pourrait couper ou fendre. Et passer au-delà, se laisser aspirer entre l'eau et l'air, se mêler et fondre.

Ou simplement rester là, immobile, à regarder sans savoir quoi.

Déconnecté du monde, je dois attendre le lendemain

pour prendre connaissance des résultats. J'abrège le topo quotidien avec Karine et me précipite avec impatience au « Chiquito ». J'ai deviné les résultats de deux matchs. Mais le troisième pronostic est erroné. Mon pari combiné ne me rapporte rien.

Je rejoue tous les jours jusqu'au samedi, prenant chaque fois des cotes plus élevées pour tenter de me refaire. Je perds toute la semaine. Ces échecs répétés altèrent mon humeur. Les rapports avec les enfants s'en ressentent. Ils se détériorent aussi vite qu'ils s'étaient améliorés. La météo s'acharne à rendre toute velléité de promenade ou de jeux en plein air impossible. Une semaine enfermée avec deux enfants, c'est long. Et puis je suis fatigué de ce vent humide qui me fouette le visage, de cette lumière rase qui me brûle les yeux. Je ne désire plus qu'une chose, rentrer à Paris.

Avant de quitter la Bretagne, le samedi soir, je mise une dernière grosse somme au « Chiquito ». Le dimanche matin, en écoutant la radio dans la voiture de location qui nous ramène vers la gare, une inflexion dans les teneurs sombres et incertaines du ciel, j'apprends que mes pronostics sont justes. Je rentre à la capitale avec un ticket gagnant. Qui couvre largement ce que j'ai perdu dans la semaine.

Les enfants n'ont jamais passé autant de temps loin de leur mère. Les retrouvailles sont émouvantes. Karine les entoure de son affection jusqu'au dimanche soir. Elle attend qu'ils soient couchés pour venir me retrouver au salon. Sa voix est lointaine, empreinte de sommeil, comme si elle avait failli sombrer au chevet d'Émile et Julie.

— Les enfants m'ont parlé de petites poules rousses, d'un bois magique et d'une colline de verdure qui sentait l'eau.

— C'était bien de passer du temps avec eux.

— J'ai l'impression qu'ils y ont pris plaisir aussi.

Je suis soulagé d'apprendre qu'ils n'ont pas ressenti trop durement ma lassitude de fin de séjour.

— Et toi… tu as tenu ?

Le ton de Karine a changé. Elle me fixe maintenant au fond des yeux. Je ne me démonte pas.

— Ah oui… sans problème… ça m'a vraiment fait du bien de ce côté-là aussi.

Je ne peux soutenir le regard de Karine plus longtemps. Je me rappelle qu'elle a de nouveau accès au relevé de compte en ligne. Les sommes que j'ai dépensées ne sont pas très élevées. Pourtant, elles doivent dépasser le calcul qu'elle peut faire du coût des ravitaillements alimentaires. Elles suffisent à éveiller les soupçons. Karine vient de passer du temps avec les enfants. Elle a eu le loisir de les questionner sur d'éventuelles activités coûteuses auxquelles ils auraient participé dans la semaine. À part deux séances de cinéma, il n'y a pas eu d'autres sorties payantes.

Un silence lourd de confusion et de crainte. Karine choisit de ne pas insister. Elle doit se douter de quelque chose mais n'a aucune preuve pour étayer ses soupçons. De mon côté, je suis déterminé à nier jusqu'au bout et elle doit le sentir.

*

Je n'avais pas espéré aussi belle surprise. Dès mon arrivée, Guy Monnet me convoque. Il n'y va pas par quatre chemins. Il commente brièvement mon parcours professionnel, me signifie la confiance de l'entreprise dans mes capacités et enchaîne en me demandant si le poste d'adjoint à la direction des ressources humaines m'intéresse. Longs rubans de couleurs vives aux murs qui tranchent avec les sculptures en bois sombre sur le bureau, je détache le regard des décorations et me concentre sur les paroles, netteté retrouvée de ma présence dont Guy se réjouit. Il m'indique que rien ne presse et m'octroie une semaine de réflexion. Je prends congé en promettant de lui donner ma réponse au plus vite.

Avant de regagner mon bureau, je m'offre un détour par le couloir du service du recrutement. Je me plante dans l'encadrement de la porte du bureau de Patrice Dauvergne et le fixe en silence. Je me concentre. Je rassemble mes souvenirs. Au bout de quelques secondes, j'ai le sentiment d'avoir réussi à afficher le sourire, un rictus grossier, celui-là même que Dauvergne arborait au dîner de clôture de la convention.

Silence dans les couloirs de la banque, seul le vrombissement du ventilateur de mon ordinateur devenu presque inaudible dans son obstination rotative. Remonte de l'esplanade un sifflement sourd, l'écho d'une tristesse condensée dans les tremblements de l'air. Je tourne la tête. Le fracas de la pluie aux fenêtres. En contemplant le ruissellement de l'eau sur la vitre, je pense à cette inclinaison du monde dont tout a dérivé, une légère pente au commencement sur laquelle l'univers s'est mis à rouler. Avant que tout ne soit emporté dans le grand mouvement, dans le lit de cet immense fleuve sans berge.

À mon retour de Bretagne, j'ai repris prudemment les paris sur Internet. Des mises réfléchies. Je passe du temps à étudier les statistiques. À la fin de la semaine, je me suis constitué un pécule, près de huit cents euros.

Le samedi, je suis seul dans l'appartement. Karine est à la galerie, les enfants casés pour l'après-midi chez des copains. Je consulte les scores en direct. Je vois un bon coup à jouer. Les bleus de l'équipe d'Arsenal viennent d'écoper d'un carton rouge. Ils jouent maintenant à dix contre onze. Le score est vierge, mais les rouges de Manchester United, déjà favoris, devraient, en théorie, emporter la décision. La cote de leur victoire, un virgule cinq, est alléchante. Je place tout l'argent gagné dans la semaine. Mais ce sont les bleus qui marquent le premier but. Les rouges n'égalisent que dans les toutes dernières minutes de la partie. Une semaine de patients paris réduite à néant.

Je suis en rage. La colère dépliée en rictus nerveux qui déferlent à la commissure des lèvres. Mais je me maîtrise, me conforme à mes résolutions. Après tout, je n'ai perdu que cent euros, ceux de la mise initiale du lundi. Je ne pars pas en tilt comme les fois précédentes. Je ne cherche pas à placer cinq cents euros sur un pari plus risqué pour me refaire. D'autant qu'un nouveau trou sur le compte sauterait aux yeux de Karine. Je me contente de faire un dépôt de cinquante euros. Et, prudent, je les place sur une combinaison inspirée des pronostics de Rossoneri. La combinaison rentre, plus une deuxième à suivre le soir même. À la fin du week-end, je suis serein. J'ai recouvré les huit cents euros en faisant à peine mouvementer le compte. Et j'en ai gagné mille de plus. Mais, surtout, je sais que je ne suis plus sujet aux errements qui ont failli provoquer le désastre. Je vais me constituer une réserve pour me prémunir d'éventuels coups du sort. J'ai le sentiment d'avoir fini l'apprentissage. Je domine mes pulsions de joueur.

C'est à la fin de week-end, en secouant une bouteille de champagne, que je confirme à Karine la promotion. Je crois deviner qu'elle ne nourrit pas d'ambition particulière pour son mari, mais elle a dû craindre un moment que la routine de mon travail ne m'entraîne sur la pente dépressive. Elle garde vraisemblablement le souvenir des années qui ont suivi mon embauche à la banque, l'abandon progressif de la peinture, lorsqu'elle a senti que je versais dans le cynisme, une dépression manifeste que je n'ai jamais voulu nommer. Drame déjà ancien mais dont elle n'est peut-être pas sûre du dénouement. Elle paraît se réjouir depuis de tout ce qui pourrait me rendre heureux.

Ce soir-là, nous nous laissons porter par la joie. Le reste de la soirée, Karine et moi, dans le vent du passé délivré, portés loin, les mots touchent, l'étreinte ébranle, on est déjà passés là, les corps d'un bloc, à vif.

*

Je retrouve Éric à quelques pas des bureaux, dans la brasserie où j'ai mes habitudes. Je le remercie de son efficacité. Il s'est débarrassé du portefeuille d'actions en réussissant à minimiser les pertes. Je lui en suis reconnaissant.

Éric me questionne maladroitement sur la santé pécuniaire du couple. Il ne comprend pas pourquoi j'ai voulu me défaire des actions à un moment aussi *down* du marché. Éric vit mon choix comme un affront personnel. Un manque de confiance dans la qualité des produits qu'il m'a conseillés. Je détourne la conversation sur sa femme. Sur les choix artistiques de Caroline. Éric préfère ne pas les commenter. Taquin, j'insiste. Je voudrais savoir comment Éric s'arrange pour vivre au milieu des horreurs avec lesquelles elle s'obstine à parer le domicile conjugal. Éric trouve mes remarques déplacées. Pour lui, l'art n'est qu'une affaire de goût, de sensualité, un domaine où les prophètes autoproclamés sont régulièrement destitués, ridiculisés par les générations suivantes. Avec malice, Éric me complimente maintenant sur ma performance lors de la dernière convention. Il ne se laisse pas convaincre par l'explication du « lapsus », intimement persuadé qu'il s'agit d'une facétie que je ne veux pas reconnaître.

Nous ne nous quittons pas fâchés. Mais ce déjeuner, où se sont échangés sarcasmes et saillies ironiques, a exacerbé des tensions latentes. Petites cicatrices, revers d'amour-propre, blessures d'orgueil escamotés sous les oripeaux de la bienveillance.

*

La direction régionale Est se situe au-delà d'une zone commerciale en périphérie de Strasbourg. Le taxi s'enfonce entre les échangeurs routiers, traverse l'étendue déserte au petit matin, des magasins aux portes closes. À travers les vitres embuées du taxi, je distingue les grosses lettres multicolores une à une, les enseignes qui émergent d'un brouillard dense.

Paul Nox est en vacances et m'a désigné pour le remplacer. Je me dois d'assister à la réunion d'orientation managériale annuelle de la région. Cette perspective ne m'enchante guère. Mais je suppose qu'il s'agit d'une perche tendue par Nox. Apaiser les esprits. Arranger le différend. Il doit estimer qu'un rapprochement s'impose, fût-il tout à fait formel.

En arrivant, je reçois un accueil glacial. Les cadres de la région Est conviés à cette réunion se montrent solidaires de leur patron, même si je sais que, dans le privé, ils ne se gênent pour dire tout le mal qu'ils pensent des méthodes de Verhaeren. Je me montre courtois, poli, avec la ferme intention de ne pas faire de vagues. Verhaeren semble avoir oublié l'incident de la convention. Il paraît disposé à me ménager et m'épargne toutes pressions verbales. Entre deux portes, André Roussel, le directeur adjoint de la région, me félicite pour l'obtention de la promotion. Les relations se détendront au fil du temps. Je ne nourris pas d'inquiétudes à ce sujet.

Malgré un déjeuner frugal, la digestion s'annonce difficile. Je ressens les premiers signes de fatigue dus à ce lever inhabituel aux aurores. Et la réunion s'enlise. Verhaeren est à la hauteur de sa réputation. Personne n'ignore son talent pour tenir le crachoir et enfiler les poncifs pendant des heures. Pas une idée neuve, ni même la version restaurée d'une idée ancienne. Une langue de bois en chêne massif, un camaïeu de prêt-à-penser du management. Avec un unique message à la clé : c'est moi le chef et vous allez m'écouter parce que c'est moi le chef.

La fin d'après-midi n'est pas meilleure. Verhaeren n'a plus rien à dire depuis longtemps. Mais l'on sent chez lui le désir de faire durer, l'idée que plus les salariés présents rentreront tard chez eux, plus sa pulsion perverse s'en trouvera gratifiée. Toute la salle pique du nez. Chacun y va de sa méthode pour échapper à l'abrutissement programmé. Les plus rusés sont installés en face des fenêtres, avec la vue sur le parking. Ils attendent fébrilement que des pas foulent les graviers, et *oh*, une portière qui claque, et *ah*, un moteur qui se met en marche, une voiture qui démarre et s'éloigne. Les autres sont condamnés à gribouiller sur leur cahier des taches informes en essayant de s'autoanalyser selon la méthode Rorschach.

Je suis dos à la fenêtre. Je ne jouis pas de la vue sur le parking. Et je m'en moque. J'ai devant moi le portable ouvert. Je regarde un match sur lequel j'ai parié en direct. Une somme modeste, cent euros. Mais si j'arrive à doubler la mise, j'aurai le sentiment de ne pas avoir perdu ma journée. Verhaeren est trop occupé à s'écouter parler. Je jouis du sentiment de le duper. Je donne le change en tapant sur des touches du clavier, créant l'illusion de mettre en forme un compte rendu de la réunion.

Je suis concentré sur le match. Je ne vois pas la lumière au-dehors baisser. À Strasbourg, la nuit arrive un peu plus tôt qu'à Paris. Plus la lumière décline, plus l'écran de mon ordinateur devient visible dans le reflet de la vitre derrière moi. Quand il fait complètement nuit, n'importe qui dans la salle peut distinguer l'écran sur la vitre, métamorphosée en miroir sans tain. Les jeunes gens en short qui s'ébattent sur le grand tapis vert sont visibles de toute la salle. On se pousse du coude et on fait passer le mot.

Verhaeren n'a pas besoin que le brouhaha s'amplifie pour comprendre ce qui agite ses troupes depuis cinq bonnes minutes.

— Monsieur Lenzini, ça se passe bien ? On ne vous dérange pas ?

Je tressaille sur mon siège. Je relève la tête. Je suis les regards dans la salle, qui balancent entre la vitre dans mon dos et mon visage empourpré. Je referme immédiatement le portable. Je me sens comme un paquebot crâne et myope qui vient de heurter un iceberg en pleine nuit.

— Les réunions dans l'Est vous ennuient ? Ho ! Ho ! C'est navrant. Vous êtes vraiment navrant monsieur Lenzini. Votre attitude est, euh, comment dire ? Consternante. Ho ! Ho !

Verhaeren tourne sur lui-même, jubile. Il se délecte, appuie sur les mots.

— Vous êtes consternant. Et croyez-moi, je resterai constant jusqu'à ce que l'on vous ait bel et bien viré de cette boîte. Vous risquez de trouver ma position… Comment dire ? Consternante. Mais probablement pas aussi consternant que le coup de pied au cul avec lequel on vous mettra dehors. Vous saisissez ? Vous ne dites plus rien ? On ne vous entend pas. Vous êtes bien moins éloquent qu'à la convention, Lenzini. Consternant, vous saisissez ce mot quand même ?

Je me sens acculé, une douzaine de regards sont pointés dans ma direction. Mes mains se crispent. Mes ongles râpent le plastique de la chaise. Le reste de la salle a adopté le petit sourire en coin, le même rictus sadique que Verhaeren. Mon sang ne fait qu'un tour. Je ne me contrôle plus. Je suis au bord de l'explosion. D'autant que Verhaeren en rajoute.

— Je ne vous entends pas ! Vous saisissez Lenzini ?

— Oui, je saisis. Je saisis que vous êtes un gros con, Verhaeren. Le plus gros con que la Terre ait jamais porté !

Verhaeren reste debout bouche bée, un boxeur sonné. Il ne s'attendait pas à une réaction aussi virulente de ma part. La stupéfaction fronce chacun des plis de son visage.

— Tout le monde pense la même chose dans cette salle. Tout le monde ! Mais personne n'ose vous le dire en face. Vous croyez que vous avez tous les droits parce que vous avez été frappé par le malheur ? Vous pensez qu'en emmerdant le monde entier, vous allez faire revenir votre femme ? Vous êtes un fou furieux, un psychopathe en liberté. Un gros con pitoyable !

Bien que j'aie perdu toute maîtrise de la situation, je

comprends rapidement deux choses. Que Verhaeren est un sanguin quand, devenu rouge pivoine, il fonce dans ma direction. Et qu'il doit bien peser dans les cent vingt kilos quand le colosse lancé percute ma chaise. Je suis projeté sur la moquette. J'ai juste le temps de rouler sur le côté avant qu'il ne m'aplatisse. On en vient aux poings. Et il faut cinq bonnes minutes aux autres membres de la réunion pour nous immobiliser.

*

Dans le taxi qui me ramène à la gare, je suis dans un état second. Je traverse de nouveau la zone commerciale. Un ciel bas et nuageux, les lumières des enseignes dans la nuit, gigantesque canon orange, notre véhicule en projectile flottant dans l'immense corps galbé d'un fauve électrique. Je compte bien deux ou trois gros hématomes, stigmates des coups reçus. Mais je ne sens plus mon corps. J'écoute d'une oreille distraite les anecdotes du chauffeur de taxi sur les mœurs dépravées des joueurs de l'équipe de football locale. Son long monologue ne fait pas sens à mon oreille. Je ne perçois qu'un brouhaha. De temps à autre, un mot émerge du bruissement et vient percuter mon esprit. S'ensuit une liste interminable, l'emplacement des radars le long de la route. La place précise des fixes et les conjectures sur celle des volants. Enfin, un peu avant d'arriver à la gare, je suis sommé de répondre. Suis-je assez naïf pour mettre en doute l'existence des extraterrestres ? Quand le chauffeur m'expose le dispositif mis en place par les autorités pour cacher au grand public l'ampleur de l'invasion, j'opine poliment du chef.

La réaction de la banque ne se fait pas attendre. Je suis à peine monté dans le TGV que mon téléphone se met à vibrer. Le nom de Paul Nox s'affiche sur l'écran. Je suis invité à exposer ma version des faits. Je sens mon responsable hiérarchique contrarié à bien des égards et pas seulement parce qu'on le dérange pendant ses vacances.

— Richard, je suis désolé mais c'est la mise à pied immédiate. Verhaeren voulait votre tête et vous la lui avez offerte sur un plateau. Il a au moins dix cadres qui sont prêts à témoigner de sa version des faits.

— C'est-à-dire ?

— C'est-à-dire qu'après l'incident vous vous êtes rué sur lui comme une bête féroce en professant des menaces de mort. Et que vous seriez arrivés à vos fins si le reste de l'équipe n'était pas intervenu.

— Mais c'est faux !

— Je m'en doute. Mais ça n'a aucune importance. C'est la version officielle et il n'y en aura pas d'autre. Je suis vraiment désolé. Je vous aimais bien et je pensais que vous aviez un avenir dans cette banque.

Je digère ces derniers mots en silence.

— On vous enverra vos affaires personnelles par la Poste.

Le reste du voyage, j'imagine les différentes formes sous lesquelles les extraterrestres nous apparaissent. Mon esprit amorphe n'est plus capable de se concentrer sur autre chose. Et puis lentement, cela entre, serre et étrangle, submerge. La marée montante happe le dernier pan de sable apparent. Je m'endors, assommé. Et ne me réveille qu'à l'arrivée du train à la gare de l'Est.

DÉCEMBRE

Une dizaine de tables en formica autour et un baby-foot qui trône au milieu de la salle. Des photos encadrées, probablement accrochées aux murs depuis l'ouverture, un demi-siècle plus tôt. Des portraits jaunis de chanteurs et de comédiens. Les visages de célébrités d'un autre âge.

Lorsque je pousse la porte du petit bar ce matin-là, je suis accueilli comme un habitué. Je me sens coopté. Le premier jour, j'ai compris que mon costume trois pièces cravate détonnait. Il intimidait certains clients. Mais ici, on ne se laisse pas distraire facilement. L'apparence, la nouveauté ne perturbent jamais le rituel des buveurs bien longtemps.

Le froid et la grisaille au travers de la vitre, dans la rue, découpent la lumière au ras des choses. Mes yeux alourdis par le manque de sommeil cherchent quelque appui pour évaluer un éventail de nouvelles propositions qui s'offrirait à moi. Je cligne des yeux, indécision, inquiétude.

Depuis trois jours, je m'installe dans le même coin, face au comptoir. J'occupe mes journées à étudier les statistiques des équipes dont le prochain match est intégré au programme du Loto sportif du samedi. Il y a un pactole exceptionnel de trois millions d'euros pour les gagnants du premier rang. Je me sens en mesure d'empocher le gros lot.

En rentrant de Strasbourg ce mardi soir, je n'ai pas trouvé le courage de parler à Karine. Ni les deux soirs suivants. J'aurais pu lui expliquer que j'étais licencié. Elle l'aurait compris et accepté. Mais je n'aurais pas pu lui donner de détails. Comment lui avouer que je me suis fait prendre en train de jouer ? C'est au-dessus de mes forces. Lui expliquer que je regardais un match sur lequel je n'avais pas misé ? Elle n'aurait pas accordé le moindre crédit à cette version.

Je me dois d'élaborer un plan. Et vite. La situation est intenable. Mais après deux jours de réflexion, je ne suis pas plus avancé. Mes velléités, en vagues pathétiques et absurdes, restent invariablement promises au ressac.

Le recommandé avec la lettre de licenciement est arrivé la veille dans la boîte aux lettres. Ils invoquent la faute grave. Ce qui ne m'arrange pas. J'avais escompté la faute lourde. En technicien des ressources humaines, je sais ce que cela signifie : je n'ai droit à rien. La banque n'est pas tenue de me verser une quelconque indemnité ni même mes congés payés. Je peux toujours tenter de faire requalifier la cause du licenciement. Mais cela prendra du temps. Et je ne suis pas sûr d'obtenir gain de cause aux Prud'hommes. Je peux prétendre aux allocations chômage mais, le temps que le dossier soit traité, il se passera plusieurs mois. Mon horizon financier s'obscurcit. Je me sentais pourtant maître de la situation, je pensais avoir obtenu mes galons de joueur aguerri.

Après le déjeuner, j'épluche la presse sportive du jour. Je consulte à nouveau les principaux sites de pronostics sur Internet. J'hésite, incapable de mettre une dernière main à la combinaison de Loto Foot.

— Mais c'est Richard. Mince alors, qu'est-ce que tu fais là ?

Manolo et Pierre viennent de franchir le seuil. Ils sont accompagnés d'un troisième acolyte. Mes amis n'en reviennent pas. Ils n'arrivent pas à s'expliquer ma présence dans ce bar perdu du dix-huitième arrondissement. Je sens bien que mes pirouettes verbales ne rassasient pas leur curiosité mais, sentant ma gêne, ils choisissent de ne pas insister.

Les trois hommes posent leurs affaires sur des chaises à côté de la mienne, commandent des bières et s'installent au baby-foot. Manolo regarde impatiemment sa montre. Ils attendent un quatrième partenaire pour démarrer la partie. Qui tarde à honorer le rendez-vous. Je suis invité à le remplacer au pied levé. Je n'ai pas joué depuis la fac. J'avais un bon niveau à l'époque et espère avoir gardé les bases. Effectivement, je me débrouille bien. Mais mes partenaires du jour sont des joueurs de haut niveau. L'acolyte de Pierre et Manolo place des attaques imparables. Il fait glisser son avant-centre à une telle vitesse qu'il est impossible de le suivre. Soit on anticipe son geste en prenant le risque de déplacer sa défense trop tôt et alors il n'a plus qu'à pousser la balle droit devant. Soit on part trop tard, et là, le fond du but résonne d'un lourd claquement métallique, la balle venant de le percuter à vive allure et à bonne distance du premier défenseur.

Vers dix-neuf heures, il est temps de rentrer. Voir ces vieux amis m'a redonné de l'élan. Je me dois de prendre le risque. Il ne sert plus à rien d'attendre. Différer ne fera qu'envenimer. Je vais tout avouer à Karine. Je patienterai jusqu'au coucher des enfants. Je lui demanderai une dernière chance. Je me plierai à ses conditions. Je suis prêt à toutes les concessions. Après ces longues années côte à côte, elle ne me refusera pas ça.

Sur le chemin, en descendant les grands boulevards, je sens la capitale devenue molle s'enfoncer sous mes pieds. L'air rare, la respiration lourde, les piétons inquiets pressent le pas, se fondent dans la circulation, accélèrent encore l'allure vers l'inaccessible surface d'un horizon liquide.

*

L'appartement baigne dans une douce lumière crépusculaire. Les rideaux du salon, criblés par les rayons rasants du soleil automnal, virent au cramoisi. Je fais le tour, inspecte les pièces une à une sans y trouver âme qui vive. Même le bocal et la tortue, dans la salle de bains, ont disparu. Il me faut encore quelques minutes avant de découvrir une enveloppe sur la table de la cuisine. Elle porte la simple mention « Richard ». Je reconnais l'écriture de Karine.

Je décolle la bouteille de Zubrówka du freezer, m'en sers un grand verre et me cale dans un fauteuil du salon. Je reste immobile encore un long moment.

Prendre l'enveloppe dans la cuisine. En extraire la lettre qu'elle contient.

Richard,

Caroline, la femme d'Éric, est venue ce matin à la galerie récupérer une sculpture qu'elle avait réservée. Tu me vois apprendre de sa bouche ce qui s'est passé à la banque ? Je n'y ai d'abord pas cru. J'ai pensé à une mauvaise blague. Et puis, au fil des détails, j'ai compris. Si tu avais voulu tout gâcher et me faire le maximum de mal, tu ne t'y serais pas pris autrement. Je ne sais pas comment tu as pu faire pour te taire depuis mardi. Je ne sais pas comment tu as pu faire pour me regarder en face et me sourire. J'ai passé plus de quinze années à tes côtés et j'ai souvent été heureuse. Je n'aurai jamais imaginé que quelqu'un puisse changer à ce point. J'ai le sentiment que l'homme que j'ai connu, avec qui j'ai eu des enfants, n'est plus. J'ai cru un moment que tu ne t'intéressais plus à moi. Mais c'est autre chose, quelque chose de bien plus profond. J'ignore ce qui t'est arrivé mais je ne peux plus et je ne veux plus continuer comme ça. Je me retrouve en face d'un étranger en qui je n'ai plus aucune confiance. Que je suis incapable d'aimer. Je m'en vais Richard. Et cela me paraît étrange d'écrire ton prénom. Je ne sais même plus à quel Richard j'écris cette lettre, à quel homme je m'adresse.

Fais attention à ce qu'il reste du Richard d'avant, celui que j'ai aimé. Fais attention à toi.

Karine

PS : nous trouverons une solution pour que tu continues à voir les enfants. Je leur ai expliqué à ma façon. Tu leur diras aussi, avec tes mots.

Je tente de l'appeler. Je laisse plusieurs messages sur le répondeur.

Je relis encore la lettre, cent fois, en quête d'un signe, d'une note, même infime, qui résonnerait un peu plus longuement que les autres. Ensuite, la lumière baisse rapidement, par paliers abrupts. Je me saoule seul, dans le noir, et m'endors dans le fauteuil du salon.

*

Je ne joue pas du week-end. Ni pendant la semaine qui suit. Je sors peu. Me nourris d'expédients. Pioche au hasard dans les restes du frigo et des placards. Haricots en boîte, soupe en sachet, pâtes lyophilisées, pommes de terre carrées, poisson congelé. J'appelle Marco. Plusieurs fois. Je tombe systématiquement sur le répondeur. Marco ne me rappelle pas. J'en conclus qu'il est déjà au courant, qu'il a choisi son camp. J'appelle Vincent. Qui m'explique qu'il est sur un tournage, qu'il ne rentrera pas avant une quinzaine. J'appelle Éric, qui s'embrouille dans ses excuses pour ne pas se rendre disponible. Je perds le contrôle. Mes nerfs lâchent. Un fagot de bois raide dans la gorge, impossible à avaler. J'envoie Éric au diable. Je l'insulte avant de raccrocher. Une fois calmé, le goût amer de la trahison me reste en travers. Après celle de Marco, la défection d'Éric me peine. J'avais imaginé qu'au fil des ans, il était devenu davantage qu'un collègue de travail. Je m'attriste de m'être leurré à ce point. J'appelle Franck, non sans appréhension. Qui répond à la première sonnerie et me donne rendez-vous le soir même.

Franck a réservé dans un restaurant de cuisine traditionnelle près du Panthéon. Une rue perpendiculaire à celle de la Montagne-Sainte-Geneviève.

Le restaurant, une cantine de Franck, est désert ce soir-là. Hormis une vieille dame élégante qui mange seule. Franck l'a saluée en entrant. Elle fait visiblement aussi partie des habitués. Je les imagine lui et la vieille dame, certains jours d'hiver dans cette salle vide. Nuit noire au-dehors et quelque chose de presque étanche qui tombe dans l'ombre, sur les visages. Franck devant l'incarnation d'un possible, la désolation, aux heures crépusculaires, d'un être humain reclus.

Je complimente Franck sur sa nouvelle coupe de cheveux, une option radicale. Il s'est rasé le crâne, ajoutant une note résolue à ses allures austères. Il me donne des nouvelles de la banque, raconte en détail comment Verhaeren fait pression sur la direction générale pour obtenir, dans la foulée de la mienne, la tête de Paul Nox. Verhaeren brandit un argument de poids. Seuls les incapables s'entourent de collaborateurs dangereux. Circonstance aggravante, il pousse l'incompétence jusqu'à les gratifier de promotions. Conséquemment, on ne peut plus accorder aucun crédit au directeur des ressources humaines. Je n'ai pas trop d'inquiétude quant à l'avenir de mon ancien responsable hiérarchique. Paul Nox est un vieux renard. S'il fallait parier sur l'issue d'un match Nox *versus* Verhaeren, je placerais l'intégralité de la mise sur la victoire du DRH.

À la table voisine, la vieille dame parle seule, quelques syllabes à peine audibles. Franck, distrait, jette de temps à autre un regard dans sa direction pour s'assurer que ses mots ne lui sont pas adressés. Elle ponctue avec enthousiasme l'arrivée de chaque plat par un « Oh ! Merci, c'est si joli ! ».

Avec l'arrivée de la deuxième bouteille de Beaumes-de-Venise, je me confie. Franck écoute en opinant du chef, ponctuant de quelques onomatopées pour relancer. Une fois tout déballé, j'ai les larmes aux yeux. Franck m'observe, interdit. Tout ce que les mots ont déplacé et qui reste suspendu dans l'air.

— Merde ! T'as réussi à tout liquider en trois mois ?

— Je ne sais pas. Peut-être que le ver était déjà dans le fruit.

— Ce n'est sûrement pas aussi grave que ça. Elle a pris peur, c'est tout. Elle se protège. C'est normal. Tu dois la rassurer. Tu ne vas pas foutre en l'air une histoire qui dure depuis plus de quinze ans, avec cette nana extraordinaire, pour une addiction à la con.

— J'aimerais lui prouver que je ne suis pas fou. Que l'on peut gagner en jouant raisonnablement.

— Désolé de te décevoir, mais je doute que ce soit ça qui la fasse revenir. Tu dois arrêter.

Je reste silencieux, pensif. Franck se saisit de la bouteille. S'apprête à me resservir. Il bloque soudain son geste comme s'il avait besoin de toute l'attention disponible pour examiner en détail la cohérence des associations qui lui viennent à l'esprit. Il remplit les deux verres et repose la bouteille sur la table.

— Tu sais à quoi ton histoire me fait penser ?

À peine servi, j'ai déjà vidé les deux tiers de mon verre.

— Le *potlatch*. Tu as déjà entendu parler ?

Je reste perplexe. Ce mot ne m'est pas inconnu, sans pouvoir y mettre de sens précis.

— À l'origine, c'est un jeu social des Chinooks, une tribu amérindienne. Des cadeaux qu'ils se faisaient les uns aux autres. Ils affirmaient leur supériorité en offrant ou en détruisant ce qu'ils avaient de plus précieux. Et cela pouvait aller jusqu'au dénuement total. Une attitude qui signifiait : « Ce que je vous donne ou ce que je détruis, c'est du superflu. La preuve, c'est que je peux m'en débarrasser en un instant. Et par ce geste, je vous montre que je vaux bien plus que tout ça. »

Je réfléchis. Tente d'évaluer la pertinence de cette nouvelle hypothèse. La théorie de Franck me séduit. Mais ce n'est pas la beauté d'une théorie qui en fait sa justesse.

— Tu penses que j'ai agi par orgueil ?

— Je ne sais pas. J'essaie juste de comprendre.

— Tu as vu des plumes sur ma tête, des peintures de guerre sur mon visage ? J'ai l'air d'un Indien ? Il n'y a rien à comprendre.

— Peut-être. Mais défier les lois statistiques, c'est dingue. C'est comme défier la loi de la pesanteur. Croire que l'on peut voler. Tu t'es lancé d'une falaise sans parachute. Juste en ouvrant les bras. Tu t'attendais à quoi ?

— À voler.

— Sans intervention divine, c'est compliqué. Il faut compter avec les miracles. Tu es croyant ?

Je regarde la pluie tomber sur le trottoir, à travers la vitrine du restaurant. Les passants pressent le pas, se protégeant des trombes d'eau comme ils le peuvent.

Près de nous, la vieille dame a fini de dîner. Elle remercie avec une douceur infinie le serveur qui la raccompagne jusqu'à la porte. La voix de Nina Simone envahit la salle vide du restaurant.

Une moue dubitative se dessine sur les lèvres de Franck.

— Il me semble qu'on a déjà parlé de cette expérience de laboratoire. Ces rats à qui l'on offre une pédale directement branchée sur la stimulation de l'orgasme. Ils préfèrent crever de faim plutôt que de décoller de la pédale.

— Belle mort. On en ferait tous autant si on en avait la possibilité.

Franck avale son vin d'un coup sec et remplit de nouveau les deux verres.

— Tu vas continuer à jouer ?

Franck me fixe dans les yeux avec une intensité nouvelle.

— Il faut que je te le dise. Si tu me demandes de te prêter de l'argent, je refuserai. Tout ce que tu veux, mais pas ça.

Je détourne le regard. La rue au-dehors est maintenant déserte. Elle baigne dans les reflets orange et bleu des trottoirs mouillés. Derrière la baie vitrée, dans la perspective de la rue, j'aimerais voir des buissons, des feuillages, des broussailles et, par un chemin étroit, ma raison s'en aller et disparaître dans l'obscurité des sous-bois.

— Je peux comprendre.

*

Depuis le départ de Karine et des enfants, je suis sonné. Je n'avais pas, jusque-là, pris conscience de la place que ma femme occupait. Je me suis construit par et pour ce couple. En dehors, plus rien ne fait sens. Dans l'appartement désolé, je me sens aspiré par le vide. En épousant Karine, j'ai quitté mon milieu social d'origine. Je me suis éloigné de mes racines. Je flotte, en apesanteur, je bats vainement l'air de mes pieds. La branche à laquelle je suis suspendu ploie. Elle est sur le point de rompre.

Je m'assieds, m'allonge puis me lève. Me rassois, m'allonge encore et me remets debout. J'erre dans l'appartement. Tends l'oreille, attentif au moindre souffle. Crois percevoir un battement, une respiration qui se déplace de pièce en pièce, qui s'amplifie parfois, jusqu'au murmure, quelque chose de chuchoté, une suite de mots sans lien audible. Entre deux accès de panique, je m'absorbe dans la contemplation du portrait de Karine peint par Thomas il y a presque vingt ans. Avec le sentiment de le voir pour la première fois. Je ne peux me défaire de l'impression que son regard me suit où que je sois dans le salon, comme si elle veillait encore sur moi.

Les nouveaux messages que j'ai laissés à Karine sont restés sans réponse. Je décide de me concentrer sur le gros lot. Je tiendrai ma revanche. Je lui montrerai que ce que j'ai entrepris n'est pas vain. Je me suis entraîné pour le gros coup. Et le gros coup, c'est là, maintenant. J'ai raison, j'ai raison depuis le début. Ils vont tous s'en rendre compte. Et Karine la première.

Je conçois un plan. Je miserai le maximum possible pour une grille au prochain Loto sportif 14, soit sept cent soixante-huit euros. D'ici là, je ferai une succession de petits paris peu risqués. Je réunirai la somme nécessaire à l'insu de Karine. Je resterai prudent. Je miserai sans faire de mouvements ostensibles sur le compte commun, en retirant de petits montants au distributeur pour acheter des cartes de paiement Internet dans les tabacs.

Un matin, pendant cette période de petits paris, je me réveille de bonne heure. Un sommeil réparateur, un calme rassérénant, comme si les tissus s'étaient quelque peu resserrés à l'intérieur. Je sors dans l'intention de me procurer une de ces cartes de paiement Internet. Je passe devant un rideau baissé, puis deux et continue ma route. Le bar des joueurs, aux couleurs du PMU, est aussi fermé. Plus loin encore, je trouve porte close. Je vais jusqu'au bout de la rue et au bout de la suivante. Et comme rien ne me contraint à m'arrêter, je continue droit devant. J'avance comme un somnambule, privé de mes émotions, de mes ressources affectives. Je me mets à marcher sans but, mécaniquement, sans plus m'arrêter. Les jambes portent et le reste du corps se concentre sur le mouvement. Au bout d'une dizaine d'heures de marche, j'entre dans un village au nord de Paris, Montlignon. J'aperçois au loin la forêt de Montmorency. Je trottine encore un peu avant de trouver la gare, monte dans le premier train qui me ramène à Paris.

Le lendemain, je me remets à marcher. Le jour suivant aussi. Je marche toute la semaine. Je prends l'habitude de ces longues promenades en solitaire. En me levant, je descends acheter une carte de paiement numérique. De retour chez moi, je me connecte sur les différents sites, fais les arbitrages et parie pour la journée. Une fois les mises placées, je prends la route. Je choisis chaque matin une direction différente. Un chemin qui mène de Paris en proche banlieue et de proche banlieue en banlieue éloignée. Ces longues promenades me soulagent, comme si lentement je défaisais quelques-uns de ces nœuds qui me tordent le ventre.

Je marche jusqu'aux premiers villages, des étangs, des bois, des forêts, les premiers champs, des vergers. Rien de tout cela n'est à plus d'une journée de marche du centre de la capitale. J'avance le plus possible en ligne droite. Mais il n'est pas rare qu'il faille accomplir des kilomètres supplémentaires pour éviter une autoroute, une station d'épuration, une ligne de chemin de fer ou une zone industrielle clôturée. Passée la proche banlieue, d'immenses étendues ne sont plus pensées pour les piétons. Je n'y croise personne, la circulation s'y fait en train, en bus ou en voiture. Quand j'ai le sentiment d'être arrivé au bout de la ville, que j'ai constaté que dans cette direction-là non plus, elle n'est pas infinie, je rebrousse chemin. Le plus souvent, je parviens à retrouver la route que j'ai empruntée à l'aller. Mais je bifurque parfois, tente de nouveaux itinéraires et m'égare.

Un dimanche, je regagne l'appartement au milieu de la nuit. Je marche les yeux plantés au ciel, contemple une voûte étoilée sans lumière, sans douleur, sans rage. Je me laisse tomber dans le fauteuil. Mon regard erre dans la pénombre. Le silence de l'appartement s'immisce en moi, imperceptiblement, profondément. Je voudrais saisir mais c'est comme si je ne pouvais rien prendre, poigne molle et le corps qui s'écoule. Et puis je me sens enveloppé par une force invisible, une étreinte qui bientôt m'enserre. Je me lève pour mettre de la musique. Une chanson, un CD pris au hasard sur l'étagère, P. J. Harvey la voix éraillée, « Throw your pain in the river » et plus loin « To be washed away slow ». Quand le morceau s'achève, j'ai les larmes aux yeux. Je respire mal, la gorge entravée. Soudain, je me retourne. La minuterie vient d'être actionnée dans la cour, en bas. Un rai de lumière éclaire le visage de Karine, le portrait peint par Thomas, dans mon dos. Je fixe le tableau quelques secondes puis ferme les yeux. Je frissonne, le fond de l'air se trouble, vagues lourdes dans l'estomac et le claquement des dents. Je sens la chair de poule dans la nuque. Je reste de longues minutes recroquevillé, immobile. Les mains tombent, j'attends au bord, simplement et sans bruit.

Pour la première fois depuis des semaines, je pense à arrêter de jouer. Et plus j'y pense, plus je m'en sens capable, plus je me sens déterminé à mettre un terme à tout ça. Une résolution comme une chaleur soudaine qui se propage, verse sans effort, le reste du corps avale lentement. Je ne miserai plus, pas un centime. Je me dirige vers l'ordinateur et me connecte successivement aux trois sites habituels de jeux. J'y ai repéré un onglet qui donne accès à ce genre d'auto-éviction. Je ferme, l'un après l'autre, mes comptes de paris en ligne.

Je me dévêts dans le salon. Me dirige, nu, vers la salle de bain. Je reste sous la douche de très longues minutes. Le ruissellement sans fin de l'eau sur le corps, les derniers cahots d'angoisse glissent et disparaissent, aspirés vers la bonde. La plus longue douche que je n'ai jamais prise. Je me sèche devant le miroir. J'inspire et expire profondément. Le Richard que je contemple dans le reflet du miroir me paraît fragile, fatigué, épuisé. Mais serein.

*

Les nuages bas, soudés en un bloc uniforme. Quelques flocons épars tombent dans la cour et fondent au contact du sol. Je ne me souviens pas avoir vu autant de neige à Paris depuis longtemps. Je consulte la météo sur Internet. Le froid durera toute la semaine même si aucun flocon supplémentaire n'est attendu. Je repense aux lacs gelés des vacances de mon enfance, près du village d'où est originaire Éva, au Pays basque. Je me souviens des départs de Paris en voiture à l'aube, des congères sur le dernier tronçon, avant d'arriver dans la nuit au chalet familial. L'horizon du jeune banlieusard se métamorphosait pour quelques jours. Moi qui ne connaissais que le béton, l'asphalte et le mobilier urbain découvrais les flancs escarpés des montagnes flanquées de sapins, à perte de vue. Le goût de la neige vierge dans la bouche, l'odeur du feu de bois sur mes sous-vêtements quand je me lovais sur les pierres de la cheminée, le reste de mes vêtements trempés séchant près du poêle à charbon. Et il suffisait de franchir le col de la montagne au-dessus du village pour embrasser du regard les espaces infinis. Les terres qui dégringolaient au loin dans la mer. L'océan menaçant, agité, résolu à engloutir tout le massif jusqu'aux plus hautes cimes. C'est planté là, sur la crête, que j'imaginais les grottes le long de la côte, celles où l'on avait retrouvé les premiers harpons en os et en bois de rennes, des armes millénaires. Des Basques chasseurs de baleine dans des temps immémoriaux.

Karine sort de la salle de bain en sous-vêtements, se plante derrière moi et passe les bras autour de mon cou. Elle colle sa joue contre la mienne en fixant l'écran de l'ordinateur où s'affiche la météo du jour.

— C'est la canicule, chérie. Ciel bleu pétant, petite brise marine en fin de journée. Tu peux y aller comme ça.

— Je t'ai demandé la météo de l'hémisphère nord, hum, pas trop loin de Greenwich, il me semble.

— OK. OK. Bon ben, désolé, j'ai dû me tromper de

site. Ah, voilà. Les températures devraient remonter un peu dans la journée, mais il faut bien te couvrir, mon cœur.

Karine m'embrasse sur le front, s'habille puis enfile une grosse parka orange. Elle esquisse un petit signe de la main avant de claquer la porte d'entrée.

Quelques jours plus tôt, j'ai laissé un message sur le portable de Karine. Lui expliquant que je voulais lui parler d'urgence. Trois heures plus tard, elle me proposait d'échanger via Skype. J'ai pris place devant la caméra, fixée au-dessus de l'écran de l'ordinateur. Nous sommes restés de longues minutes à nous scruter, sans échanger un mot. Comme si nous cherchions tous deux à deviner l'état psychologique dans lequel se trouvait l'autre. Juste les doux bourdonnements du disque dur et un espoir qui s'immisçait, l'instant qui s'étirait, suffisamment pour rebattre quelques cartes.

Je me suis lancé.

— Comment tu vas ? Ça se passe bien, à la galerie ?

Karine a répondu avec un fond d'inquiétude mêlé de compassion dans la voix.

— Oui, on a une nouvelle expo, géniale, tu devrais venir voir.

— Tu crois ?

Je me suis décontracté et j'ai souri.

— Tu as raison. Ça me ferait du bien.

— Ça va, Richard ? Comment tu te débrouilles ?

— On fait aller.

Dans son dos, j'ai reconnu le bureau de Jean-Claude au Vésinet, avec les deux étagères de livres, des éditions de la collection Pléiades. Je soupçonne mon beau-père de les avoir achetées pour la qualité et l'esthétique des reliures, je suis persuadé qu'il n'en a jamais ouvert aucune. J'espère qu'Émile et Julie en hériteront un jour.

— Qu'est-ce que tu fais de tes journées ?

— Je me promène.

— Pardon ?

— De longues balade ; je réfléchis.

— Et où te mènent ces réflexions ?

— En banlieue. Les banlieues de la vie.

Karine m'a dévisagé, cherchant à faire la part de l'ironie et du désespoir. J'ai perçu la voix de Julie l'appelant. Karine s'est levée, laissant la fenêtre sur l'ordinateur vide quelques secondes. Puis j'ai entendu sa voix excédée : « Je croyais avoir bien dit que je ne voulais pas être dérangée. Maman, tu peux t'occuper de Julie, s'il te plaît ! Merci ! » Une porte a claqué.

— Comment vont les enfants ?

— Tu leur manques beaucoup, tu sais.

— Ils me manquent aussi. Vous rentrez quand à la maison ?

Elle a fait mine de ne pas avoir entendu. Mais j'ai senti davantage de compassion dans le ton employé par la suite.

— Tu te soignes ? Tu vois quelqu'un ?

— Je n'ai pas encore pris contact. J'ai l'impression que je vais mieux.

— C'est une bonne nouvelle. Mais tu devrais quand même consulter, tu ne crois pas ? Ça ne t'engage à rien.

— Je ne sais pas.

— Tu dois prendre ça au sérieux. Quand j'étais accro au cannabis, j'aurais aimé pouvoir compter sur quelqu'un.

— Ok, je vais y réfléchir.

— Et côté travail, tu as des pistes ?

— Pas vraiment… Pas encore…

À travers les millions de pixels, j'ai plongé mes yeux au fond de ceux de Karine. Ramassé les mots à ma portée, concentré, calme, la voix dégagée, un nom pour chaque chose, ça paraissait soudain simple et j'y suis arrivé.

— Karine, c'est fini les conneries. Je suis décidé. J'arrête complètement. Je ne jouerai plus.

La détermination dans la volte-face a ému Karine. Les enfants sont restés au Vésinet. Elle est revenue habiter avec moi.

Depuis, nous vivons une nouvelle lune de miel. Le temps en fragments simples, en petits blocs cristallisés. Nous faisons l'amour. Nous allons au cinéma, au théâtre, au concert. Nous dînons au restaurant. Nous dépensons sans compter. La danse des retrouvailles déploie ses ailes vénérables. Nous planons au-dessus des cimes. Nous survolons, robes longues dépliées de la grâce, les plus hautes tours de notre histoire.

*

Vincent m'a donné rendez-vous dans un hall de l'aéroport d'Orly. Je l'ai attendu près d'une heure à la cafétéria avant de le voir débarquer, tout de cuir vêtu, comme apprêté pour un long voyage à moto. Nous nous embrassons fraternellement. Il ne dispose que de ce battement entre deux avions. Il enchaîne les tournages et restera absent de Paris encore plusieurs semaines.

Quelques jours plus tôt, j'ai réussi à le joindre au téléphone. Je lui ai résumé la situation, les tensions avec Karine, mon addiction aux jeux.

Vincent regrette de ne pas pouvoir passer plus de temps à mes côtés dans cette période délicate. Il n'a que ce créneau d'une heure et demie entre deux correspondances à me consacrer. Pour l'instant, c'est lui qui parle. Il me raconte le tournage qu'il vient de terminer, l'histoire d'un petit train pittoresque en Afrique australe. Il se rend maintenant en Thaïlande, un sujet sur le *street food*.

D'où je suis assis, je vois les pistes au loin, dans son dos. À travers la baie vitrée, j'observe l'activité sur le tarmac, les manœuvres des avions, les atterrissages et les décollages, la lumière au ras du sol qui embrase les carlingues. Après un court silence, Vincent me dévisage avec tendresse.

— Comment ça va, mon vieux ?

— Un peu mieux.

— C'est super que Karine soit revenue. Pourquoi tu m'as rien dit ? Pourquoi tu ne m'en as pas parlé plus tôt, c'est quoi cette histoire d'addiction ?

Je me tais, hausse les épaules.

— Tu as vraiment réussi à arrêter ? Tu ne veux pas aller voir un psy ?

— Ça ne servirait pas à grand-chose.

— Tu devrais aller voir Hermann. Je t'ai déjà parlé de lui. Je le vois encore de temps en temps. Et il me fait du bien. Tu lui diras que tu viens de ma part.

Vincent note les coordonnées du psychothérapeute sur une de ses cartes de visite.

Il y a quelques années, Vincent a traversé une période difficile. À la suite d'une rupture amoureuse délicate, il a consulté le docteur Hermann qui lui a prescrit des antidépresseurs. Suffisamment dosé pour développer une forme d'addiction. Vincent a eu un mal fou à s'en délivrer. Des mois avant de pouvoir s'en passer définitivement. Je ne veux pas de camisole chimique. Je n'irai pas voir ce psy pour m'entendre dire que je suis névrosé. Qu'est-ce que ce gars pourra bien me raconter ? Il m'inculquera sa vision du monde. J'entends déjà le discours. « Richard, vous en voulez à vos parents. Vous avez conscience qu'il y a un problème que vous n'avez pas réglé avec votre père ? Ne vous voilez pas la face plus longtemps. Vous avez escamoté le principe de réalité au profit du principe de plaisir. Vous faites une régression orale, vous vous auto-punissez, vous êtes victime de vos pulsions de mort, de vos tendances masochistes latentes. »

J'imagine une série de diagnostics dans ce goût-là. Je ne nourris aucune espèce de foi pour ce genre de spéculations. Et puis, j'ai peur des antidépresseurs. Je ne veux pas flotter dans un monde ouaté pendant des semaines, des mois peut-être.

— Tu penses que je suis devenu dingue ?

— Il n'y a pas que les fous qui vont voir les psys. Il y a plein de gens bien qui consultent. Une période de doute, le besoin d'être accompagnés.

Je me sens posé là et absent, comme assis juste à côté.

— Tu ne trouves pas ça bizarre d'avoir joué autant ?

— Tu as peut-être raison. Je vais y réfléchir.

Dans la cafétéria, nous sommes rejoints par une flopée de voyageurs. D'autres passagers en transit, absorbés par leurs tablettes numériques. Il me vient à l'esprit que tout ce petit monde joue au casino virtuel. Ou qu'ils visionnent un match sur lequel ils ont parié.

— Ça m'ennuie de te demander ça. Tu peux me prêter un peu d'argent ?

— De combien tu as besoin ?

— Tu peux me prêter mille ?

La pâleur a gagné le visage de Vincent, la pupille tourne et perce, quelque chose qui aurait craqué dans l'œil.

— C'est pour jouer ?

Je détourne le regard.

— Non, rassure-toi, quelques dettes à solder, c'est tout.

Vincent hésite. Je sens qu'il doute de revoir un jour ses mille euros. Surtout, il se demande si c'est un bon service à rendre à un ami.

Pendant que Vincent tergiverse, j'observe plus attentivement les voyageurs avec leur tablette. Leur position me fait penser à la Grèce antique de mes cours de philosophie, en classe de terminale. J'imagine un jardin en Macédoine, il y a plus de deux mille ans. Des hommes penchés sur des tablettes semblables à celle-là. Mais taillées dans la pierre, des blocs plats et rectangulaires. Aristote et ses disciples relisant le manuscrit de l'*Éthique à Nicomaque*, dissertant sur l'*hubris* et la *phronésis*, l'excès et la juste mesure.

— Tu me promets d'aller voir Hermann ?

— C'est juré.

En regardant Vincent s'éloigner vers les portes d'embarquement, je pense aux hommes et aux femmes qui n'éprouvent qu'insatisfaction et lassitude vis-à-vis de leur existence. Qui se jettent dans la première aventure à leur portée, assurés que, d'un coup, leur vie va changer. Radicalement. En bien ou en mal. Mais qu'importe, pourvu qu'elle change.

*

Le cliquetis des touches du clavier, pianotage sinistre dans le silence pesant, je remplis un nouveau formulaire sur une page intitulée « curriculum vitae ». Après trois journées déprimantes à consulter les sites dédiés aux petites annonces d'emploi, je m'accorde un extra. La grille du Loto sportif du week-end me paraît abordable. Je m'autorise un dernier pari. S'il ne rentre pas, je ne jouerai plus. Je serai allé jusqu'au bout de ce que je pouvais faire pour gagner.

Les mille euros prêtés par Vincent me permettent de placer le pari en toute discrétion, à l'insu de Karine.

Je passe la journée du vendredi à étudier les cotes et les statistiques pour mon Loto.

Les matchs qui le composent se répartissent entre le samedi soir et le dimanche après-midi. Tous les pronostics du samedi sont rentrés. Avant le coup d'envoi des matchs du dimanche, nous renonçons à une balade dans un vent glacial. Nous optons pour le cinéma. Deux heures plus tard, en sortant de la projection, nous allons boire un verre. Le café en haut du centre Beaubourg est à proximité. Avec Karine, nous avons fréquenté ce café des années plus tôt, avant la naissance des enfants. Nous nous y rendions après la visite des expositions du centre d'art contemporain. Nous commentions les œuvres pendant des heures. Ensuite, en quittant le café, nous contemplions, du haut de l'édifice, la vue sur Paris. Je me souviens de ce que je ressentais. Tout me paraissait possible. Grisé par de nouvelles inspirations, j'avais le sentiment de goûter à cette espèce de calme qui rassérène et grise à la fois. Comme si la ville que nous embrassions du regard, qui scintillait sous nos yeux, pouvait un jour être à mes pieds.

Je repère une table à l'écart. En m'asseyant en face de Karine, je trouve ma femme magnifique. Les cheveux détachés, elle porte, sous sa grande parka orange, un de ses jolis tailleurs noirs. Elle est très légèrement maquillée. Karine aura bientôt quarante ans. Mais l'âge ne semble d'aucun pouvoir sur sa beauté. Les haut-parleurs, dans le café, diffusent le *Köln Concert* de Keith Jarret. Les touristes ne sont pas très nombreux en cette saison. La moitié des tables reste inoccupée.

Nous commentons le film. Scénario indigent mais deux ou trois scènes d'anthologie. Nous nous disputons gentiment sur la prestation des comédiens principaux. Nous nous mettons d'accord sur l'excellence des seconds rôles. Puis, nous nous observons en silence, amoureusement. Je me souviens que, lors notre première rencontre, j'ai tout de suite aimé les yeux de Karine, deux trous d'épingle dans l'espace qui semblaient vouloir aspirer toute la substance de l'univers.

Je me lève et me dirige vers les toilettes. Je m'y enferme et sors le téléphone pour consulter les résultats. J'exulte. Les matchs viennent de se terminer. J'ai quatorze pronostics justes sur quatorze. Quatorze sur quatorze ! Je fais le tour des lavabos en criant ma joie. Lorsque je sors des toilettes pour reprendre ma place en face de

Karine, je suis transporté par l'euphorie. Ce brusque changement d'expression éveille sa curiosité

— Qu'est-ce qui te rend si heureux ?

Karine sourit. Mais son visage se teinte de surprise et de méfiance. Je lui avoue les motifs de mon bonheur avec la plus grande naïveté du monde.

— J'ai gagné, Karine.

— Pardon ?

— Je viens de gagner le pactole ! J'ai les quatorze résultats ! Quatorze sur quatorze !

— C'est pas vrai ! Tu es en train de me dire que tu t'es absenté pour aller consulter des résultats de paris sportifs ?

Elle est atterrée. Je garde la même expression euphorique sur le visage.

— Karine, j'ai gagné.

— Je n'en crois pas mes oreilles.

— Je te jure !

Karine se lève d'un bond. Elle quitte lá table sans un mot, sans un regard. Je la suis en courant. Je la rattrape et la saisis par le bras.

— Karine !

Elle fait volte-face. Elle hurle.

— Lâche-moi ! Je ne veux pas que tu me touches ! Je ne veux plus entendre parler de toi ! Jamais ! Tu entends ? Jamais !

Karine se dégage brusquement. Elle fuit en hâtant le pas. Je la regarde s'en aller, ahuri par la violence de la réaction de ma femme. Je me mets à crier.

— Désolé, Karine, je… je ne jouerai plus. Karine ! Karine !

Elle poursuit son chemin sans se retourner.

Sur les escalators, je suis partagé entre la joie d'avoir gagné et la tristesse de cet échange désastreux avec Karine. Le doute me saisit quand je traverse l'esplanade. L'euphorie retombe. Je réfléchis et dégaine le téléphone. Je consulte à nouveau les scores. Il y a quelque chose qui cloche. Des résultats attendus, des victoires à domicile, prévisibles par le plus piètre des parieurs.

En rentrant, je me précipite sur l'ordinateur. Je me connecte au site qui donne les estimations des gains et mon pressentiment s'en trouve confirmé. J'ai bien remporté le pactole d'un million d'euros mais je dois le partager avec près de mille autres joueurs. Je vais gagner un peu plus de mille euros si l'on soustrait la mise initiale, soit un bénéfice net de trois cents euros. Dans l'absolu, c'est satisfaisant. Mais très éloigné des espoirs que j'ai nourris.

Je viens de tout gâcher pour trois cents euros. La poitrine comme empli de braises, les mains tremblent. Des sabres chauffés à blanc déchirent les artères. Toute la carcasse repliée, précipitée dans la chute, s'affaisse lourdement dans le silence. Je reste étendu sur la moquette, inerte. Terrassé.

*

Je quitte l'appartement avant les premières lueurs de l'aube. Une nouvelle journée de marche en solitaire. Avec la ferme intention de suivre au plus près, le plus longtemps possible, les berges de la Marne. Mais à peine suis-je sorti dans la rue que le temps vire orageux. Je n'ai pas le courage d'entreprendre une grande virée. Je me contente de déambuler dans Paris intra-muros. Quand la pluie se fait drue, je m'abrite sous les porches. Des pauses pendant lesquelles je consulte mon téléphone, dans l'espoir d'un signe de Karine, d'une réponse à mes textos d'excuse.

La pluie redouble d'intensité en fin de matinée. Je décide de rebrousser chemin.

Changé et séché, je rêvasse sur Internet, cheminant de site en site. Avant de dériver vers un blog de pronostics. J'y repère quelques cotes alléchantes. J'ouvre un compte sur un nouveau site de jeu. Je place les trois cents euros gagnés au dernier Loto foot sur un match du championnat de seconde division. Je viens de m'installer dans le salon pour suivre la rencontre sur laquelle j'ai misé quand la sonnerie de la porte retentit. Ce qui me surprend. Jamais personne ne sonne à la porte sans avoir au préalable passé le filtre de l'interphone. Karine. Je referme l'ordinateur. Me tourne brusquement vers le miroir, me frotte le visage pour effacer les plis et les ombres, toutes ces nuits de manque.

Quand j'ouvre la porte, je recule d'un pas en découvrant Jean-Claude. Regard des mauvais jours, le beau-père est vêtu d'un costume sombre, habillé comme pour un enterrement. J'imagine un instant qu'un drame s'est produit. Je le fais entrer, asseoir sur le canapé. Je lui propose à boire. Jean-Claude décline en jetant un coup d'œil alentour comme s'il voulait vérifier l'état de l'appartement. Le refus d'un verre d'alcool m'inquiète. L'affaire doit être sérieuse. Et le silence devient pesant. Je comprends qu'il est en mission. Et qu'il n'est pas à la hauteur de la situation. Les mots doivent se bousculer dans sa tête, roulés en nœuds serrés. Rien ne vient. On attend. D'un geste maladroit, Jean-Claude glisse enfin la main dans sa veste pour en sortir, de la poche intérieure, un chéquier et un stylo. Le Montblanc court maintenant sur le papier. Il détache le chèque d'un geste sûr. Avec un chéquier dans les mains, ce n'est plus le même homme. Il soutient maintenant mon regard. Des larges poches de sa sacoche, il extirpe de petites feuilles imprimées à en-têtes divers qu'il pose devant moi près du chèque. J'insiste.

— Un petit pastis, Jean-Claude ?

— Allez, ça peut pas nous faire de mal.

Je reviens de la cuisine avec les glaçons et nous sers deux pastis bien tassés. Jean Claude, reconnaissant, vide la moitié de son verre d'un trait.

— Je suis navré que l'on doive en arriver là. Vous et ma femme, ça n'a jamais vraiment collé. Mais moi, je vous ai toujours trouvé sympathique. J'étais un peu dérouté par votre peinture au début, quand on s'est connus, c'est vrai, mais j'ai toujours pensé que vous aviez la tête sur les épaules. Je ne sais pas ce qui vous est arrivé. Je suis sûr qu'il y aurait encore un moyen de…

Jean-Claude stoppe net, un enfant qui prend conscience d'une bourde. Il s'éclaircit la voix avant de se remettre dans le sens de sa mission.

— C'est un accord, tout ce qu'il y a de bien. Et puis c'est le mieux pour les enfants, l'école est à côté, leurs amis…

Je parcours les feuilles posées devant moi. Tout y est. Il y a même un formulaire de la banque qu'il me suffit de signer pour fermer le compte commun.

— Sur le plan pécuniaire, il y a ce que vous avez remboursé depuis le début de l'emprunt, capital et intérêt. Multiplié par deux si vous ne faites pas d'histoire.

Finalement, après s'être repris, Jean-Claude est à la hauteur. Et j'apprécie. Plus aucune hésitation dans sa voix, des mots coupés nets dont je distingue clairement les contours. Je prends le stylo de luxe qu'il me tend. Je signe les documents, dont celui par lequel je reconnais ne plus avoir aucun droit sur l'appartement.

Sur le palier, le beau-père n'ajoute que six syllabes, « avant la fin du mois ». En refermant la porte, je ne vois pas le côté tragique de la situation. Je serai à la rue dans trois semaines mais cela ne m'inquiète pas outre mesure. Je me sens même heureux, de ce bonheur fugace qu'apporte le sentiment d'une liberté nouvelle. Détaché, bien plus léger qu'une demi-heure plus tôt. Comme si cet appartement m'avait pesé sur les épaules, un sac à dos aussi vieux que lourd dont on venait de me délester. Je pose le chèque sur la table. Puis me précipite sur l'ordinateur pour consulter l'évolution des scores. Tout se passe pour le mieux. L'équipe sur laquelle j'ai misé vient de marquer. Elle mène deux à un. Je suis en passe de gagner cinq cents euros.

JANVIER

Je déménage dans un meublé, au nord du vingtième arrondissement. La surface du studio, une ancienne chambre de service d'un hôtel, ne dépasse pas les douze mètres carrés. Je pourrais louer quelque chose de plus spacieux. Le chèque de Jean-Claude me permet de faire la jointure jusqu'à l'arrivée des allocations chômage. Mais je décide de réduire la voilure au maximum en attendant de savoir comment évolueront les choses.

J'ai rétabli un lien avec Karine. Nous communiquons de nouveau, par texto, comme elle l'a imposé. Elle me propose de prendre les enfants un week-end sur deux. Mais je n'imagine pas les accueillir dans mon studio. Nous convenons que je les prendrai les dimanches après-midi.

Ce dimanche-là, je tergiverse. Les dimanches précédents, j'ai sonné à l'interphone. J'ai patienté dans la rue en attendant que les enfants descendent. Mais cette fois, je compose le digicode et m'engouffre dans le hall. Je passe devant l'ascenseur et choisis les escaliers. J'espère entrevoir Karine. Échanger de vive voix avec elle. Qu'adviendra-t-il, après ces quelques semaines de séparation, quand je la verrai ? Se confronter. Tenter de comprendre.

Pourquoi n'ai-je pu m'abstenir de jouer malgré l'amour que j'éprouve pour cette femme ?

Je sonne à la porte de mon ancien appartement. Aucun bruit ne filtre de l'intérieur. Je m'apprête à réitérer mon geste. Quand j'entends des pas qui résonnent dans le couloir. La porte s'ouvre. Et je me trouve nez à nez avec Marco. Nous nous dévisageons, gênés. Une fenêtre qui claque plus bas, quelques notes de piano à l'étage au-dessus et un courant d'air glacial qui tourbillonne dans la cage d'escalier. Je me ressaisis. Je hèle les enfants et leur signifie que je les attends dans le hall. Ce qui m'octroie le temps nécessaire pour ravaler mes larmes. J'affiche une mine réjouie quand Émile et Julie se jettent dans mes bras quelques minutes plus tard.

Au parc, de la bouche des enfants, j'apprends que Marco honore l'appartement familial de plusieurs visites hebdomadaires. Et que le nouvel amoureux de maman est assurément le roi de la pizza maison. Je repense à ma visite chez Marco, le jour où je lui ai emprunté de l'argent. J'imagine la scène. À peine suis-je sorti de son appartement qu'il se rue sur le téléphone. Je comprends mieux pourquoi j'ai découvert Karine attablée devant mon ordinateur en rentrant. Elle a dû se précipiter sur le site de la banque en quête d'un relevé de compte.

Les enfants n'ont, jusque-là, pas trop posé de questions. Ils vivent une situation provisoire. Mais la régularité des visites de Marco marque un tournant.

Nous sommes assis sur un banc en face du bassin.

Nous observons les canards s'épouiller. Les plus intrépides parmi les palmipèdes tentent une approche, en quête de quignons de pain.

Émile se tait. C'est Julie qui me fixe soudain dans les yeux, un regard que j'ai du mal à soutenir.

— Tu vas nous abandonner, papa ?

Je déglutis. Laisse planer mon regard au-dessus de la pièce d'eau, se perdre dans la masse des buis, à la lisière du parc.

— Mais non, mon cœur, je serai toujours là.

— Tu reviens quand alors, à la maison ?

— Je ne sais pas, il faut attendre un peu. Peut-être que je ne reviendrai pas. Mais vous pourrez venir me voir dans ma nouvelle maison… Je veux dire, quand j'en aurai une plus grande.

Les yeux de Julie brillent. Elle avale douloureusement mes paroles, une châtaigne qu'il lui faudrait ingurgiter avec la bogue. Un long silence s'ensuit, à peine troublé par les récriminations des canards. Les palmipèdes ont compris qu'il n'y a rien à espérer de notre trio, visiteurs venus les mains vides. Ils se décident à retourner au bain.

Et puis c'est Émile qui reprend, avec le même regard mouillé que sa sœur.

— Papa ?

Les mots sortent avec difficulté de la bouche du petit garçon, il cherche à comprendre la situation, réfléchit pour choisir la bonne expression.

— Maman nous a dit que tu avais changé.

— Elle a dit ça ?

— Elle a dit que c'est pour ça qu'elle ne pouvait plus vivre avec toi.

— Peut-être qu'elle a raison, peut-être que j'ai changé. On croit connaître quelqu'un et puis on se rend compte, au fil du temps, qu'il est différent de ce que l'on pensait.

Les réponses vagues, les proverbes, les sentences populaires ne contentent jamais Émile. C'est un garçon perspicace. Son silence est de courte durée.

— Papa ?

— Hum.

— Qu'est-ce qui t'est arrivé ?

Je ne m'attendais pas à cette dernière question. La candeur avec laquelle elle est énoncée me retourne. Je suis bouleversé. Elle est d'une telle sincérité, d'une telle simplicité, qu'elle n'appelle aucune réponse toute faite. Je ne m'y suis pas préparé. Je ne trouve rien à répliquer. Aucune formule rassurante à offrir. Je ne sais pas quoi dire à mes propres enfants.

Nous marchons encore un peu dans le parc, en silence. Nous nous arrêtons devant une cabane en bois, achetons des gaufres pour le goûter. Puis, un peu avant que la nuit tombe, je les raccompagne. Je les sers contre moi. Quand ils disparaissent dans l'escalier, je me dis que je ne les reprendrai plus avant de pouvoir répondre à la question que m'a posée Émile. Même s'il me faut des mois ou des années pour trouver la réponse.

En rentrant, abattu, je tire les volets et m'apprête à me coucher. Dans la vitre, je croise mon reflet. Mon propre visage dans le miroir de fortune. Des signaux alarmants au fond de mon regard, comme des feux clairsemés sur le flanc d'une colline. En me rapprochant, autour des foyers, je distingue des guerriers s'affairant près de leurs montures. Bientôt apprêtés pour une grande *razzia*.

Les cavaliers, lancés à la tombée de la nuit, déferlent sur les derniers campements de mon âme, renversant tout ce qui s'y tient encore debout, la rage en étendard, avec une haine dévastatrice.

*

Les semaines qui suivent, je reste rivé à l'ordinateur. Je joue nuit et jour. Sans stratégie rationnelle. Des inspirations dépressives. Des combinaisons suicidaires. L'argent file vite. Le petit capital fond en un rien de temps. Si rapidement que je m'en inquiète. En cas de besoin, il ne me reste guère de possibilités pour emprunter.

Malgré mes inquiétudes, je multiplie les paris. Gagne et perds. Mais perds plus que ne gagne, comme si je m'employais à vérifier le bien-fondé des lois statistiques. Aux grands dépens de mon compte en banque. Je réussis à contracter quelques emprunts supplémentaires sur

Internet à des taux prohibitifs. Mais mes défauts de paiement sont notoires. Je suis fiché sur les réseaux. Toute nouvelle demande me sera refusée.

Le rythme de mes paris s'accélère encore et je n'ose plus regarder mes relevés de compte. Je flirte avec les limites de ce que je peux rembourser. Chaque dépassement de découvert, outre les frais inhérents, est devenu un calvaire. Je suis convoqué à la banque où l'employé de service me passe un savon, ne se gêne pas pour me faire la morale. J'aimerais l'envoyer au diable mais je sais que maintenant que je suis au chômage, il a toute latitude pour baisser le niveau de mon découvert autorisé. Ce qui me mettrait au tapis. J'ai négocié avec mon bailleur et, de ce côté-là, il n'y a plus rien à espérer. Je vends ce que je peux grâce aux sites de petites annonces. Ce qu'il me reste d'effets personnels.

Pendant cette période, je reçois plusieurs appels de Franck. Mais je ne décroche pas. J'écoute les messages de mon ancien collègue qui s'obstine à prendre des nouvelles. Je n'y donne aucune suite. Bientôt, Franck se lasse et cesse d'appeler. Peu après son retour de Thaïlande, je joins Vincent au téléphone pour lui emprunter une somme d'argent supplémentaire. Avant de me répondre, il me demande si je suis entré en contact avec le docteur Hermann. Pris au dépourvu, je mens. Je prétends l'avoir appelé. Je vais commencer un traitement qui, j'en suis sûr, me fera le plus grand bien. Mais Vincent a récemment croisé le psychothérapeute. Il sait que je ne me suis pas donné la peine du moindre coup de fil. Il refuse de me prêter un centime de plus tant que je ne me serai pas orienté vers une cure qu'il juge indispensable. Je le maudis et il se fâche. Je lui raccroche au nez.

Ces semaines-là, je reçois, via le portable de Karine, des SMS des enfants, de courts messages d'affection et de tendresse qu'ils signent de leur prénom. Ils y décrivent leurs activités de la journée et me demandent comment je vais. Ils s'enquièrent de la date de la prochaine rencontre. J'en suis ému, souvent jusqu'aux larmes. Je voudrais répondre à ces messages mais les mots me manquent, mes doigts restent crispés sur les touches du clavier. Qu'ai-je, au fond, à leur transmettre ? Je n'ai pas le sentiment d'incarner un modèle que je voudrais voir se perpétuer.

Cette haine de soi ravalée, je redouble d'application dans les paris. Le gros lot. Je vais y arriver. Je vais toucher. Et avec ces centaines de milliers d'euros en poche, j'achèterai un appartement suffisamment grand pour accueillir les enfants. Je demanderai la garde alternée. J'arrêterai de jouer. Je reprendrai ma place auprès d'eux. Je donnerai le meilleur de moi-même. Dans ces moments d'espoir, je pense sincèrement que je peux y arriver, que je conçois là un scénario plausible.

MARS

Mon loyer reste impayé. Le virement a été rejeté. Après une série d'ultimatums que je délaisse, je prends les devants, craignant l'expulsion.

Au chômage, sans caution d'aucune sorte, la recherche d'un logement de substitution n'est pas chose aisée. Je suis sur le point de me décourager quand mon épicier me met sur une piste. Un appartement, situé dans un immeuble de Montreuil, est libre. Il suffit de payer un loyer d'avance en liquide pour entrer dans les murs. Le propriétaire y loge habituellement des clandestins. Il ne demande pas davantage de garanties. L'épicier me met en garde. Ce « vendeur de sommeil » a la réputation d'utiliser les services d'un homme de main pour faire cracher les mauvais payeurs.

Le samedi suivant, profitant de la nuit pour échapper à la vigilance de mon propriétaire, je déménage mes dernières affaires et prends la direction de Montreuil pour investir mon nouveau logement. Quand je pénètre dans l'appartement, je comprends pourquoi mon nouveau bailleur n'a pas pris la peine de se déplacer pour dresser un état des lieux. Les murs et la tapisserie sont gorgés d'humidité et suintent. Le carrelage au sol se décolle. Des plaques de plâtre se désolidarisent du plafond. Il n'est pas difficile d'imaginer le nombre de dégâts des eaux qui l'ont transformé en une pâte informe. Il y a des traces de brûlé sur la porte et autour de la fenêtre. Mais le plus insoutenable est l'odeur liée au développement ininterrompu de toutes sortes de champignons domestiques depuis des décennies. Les émanations qui prennent à la gorge, que même l'ouverture de la fenêtre ne parvient pas à estomper. S'y mêle une odeur de fruits synthétiques provenant de la bombe avec laquelle le propriétaire a probablement vaporisé la pièce. Effluves en boîte mixés à la pourriture naturelle. Le cocktail donne envie de vomir. Je colmate, racle, lessive, frotte, éponge une journée entière. Sans avoir le sentiment que le résultat vaille le centième de l'énergie déployée.

Lorsque j'ai enfin terminé, je m'assieds près de la fenêtre. Au loin, les nuages gris virent maintenant à l'anthracite. Je sens monter, en bouffées lentes, une profonde tendresse pour les paysages de fin de monde, usines éboulées, arbres morts et lumières froides. Je prends conscience d'avoir, trop longtemps, vécu dans l'erreur : le paradis n'est pas un paysage verdoyant, couvert de mousses et de fontaines luxuriantes. C'est une terre de vieilles boues craquelées, sans oiseau, sans herbe, aride et désolée.

*

Je n'ai plus la radio, plus de télévision et n'achète plus les journaux. Je ne sors plus, ne vois plus âme qui vive. Je vis une robinsonnade dans un taudis, sans la compagnie d'un sauvage susceptible de court-circuiter une installation mentale qui confine à la boucle.

Je ne déroge à cette vie de solitaire que pour quelques dîners en tête à tête avec Éva, virées de plus en plus espacées. Les conditions de vie de ma mère se dégradent. L'arthrose progresse. Je crains de voir arriver le jour où elle ne pourra plus rien faire par elle-même. Ce n'est plus qu'une question de mois. Je devrais me renseigner sur les établissements spécialisés. Mais ne vois pas comment je pourrais m'acquitter des frais inhérents à la prise en charge.

Éva s'inquiète, elle me trouve, à chaque visite, plus abattu. Elle demande aussi des nouvelles de ses petits-enfants. Elle s'attriste de ne plus les voir.

J'invente, pour la rassurer, les réponses au fur et à mesure des questions. Une flopée de mensonges dont on suivrait l'envol, qui prolongeraient leur course hors de portée de nos regards. Mais nous les voyons, Éva et moi, s'écraser à la pointe de mes chaussures.

Ce dimanche-là, je descends à la cave en quête d'une bouteille de chianti. Gabriel, mon père, y a stocké des caisses de vins italiens. À chaque dîner, j'apprécie la pertinence de ses goûts. Gabriel sacrifiait aux amicales de Florentins exilés. Les réseaux de la diaspora se montraient particulièrement bien inspirés dans cette banlieue de Paris. Je remonte avec une bouteille du précieux liquide sous le bras. Quand mon regard est attiré par un amoncellement de toiles sous l'escalier. En me rapprochant, je suis surpris de constater que ce sont mes tableaux, mes propres œuvres et pas celles de ma mère, comme je l'avais pensé jusque-là. Je les avais imaginés détruits ou perdus. Éva les a conservés. Je ne peux m'empêcher d'y jeter un œil. Ce n'est pas aussi mauvais que dans mon souvenir. Les conditions de création de certaines toiles me reviennent en mémoire. Le dérèglement des sens auquel je me suis astreint lors de leur exécution. L'ardeur et le déchaînement avec lesquels je me jetais sur la toile. Les échanges théoriques avec Thomas et les fulgurances pratiques. Assis par terre, à même le sol en terre battue, je fouille les souvenirs de cette époque de ma vie. Ils remontent lentement d'abord puis déferlent et frappent, aussi vite que des coups.

Une toile attire particulièrement mon attention. Mon estomac se noue, souvenir précis de l'état d'excitation dans lequel je me trouvais en peignant ce *Ombre – Angoisse – Complexes*. Je sens la frénésie, l'ivresse de ce moment-là. Je fais le rapprochement avec la tension que je ressens devant l'ordinateur quand je parie. Sûrement pas cette émotion-là, mais un affect d'une nature voisine.

Qu'est-ce qui n'a pas marché ? J'ai réagi avec arrogance en traitant de vieux cons embourgeoisés les galeristes qui nous ont éconduits. Thomas ? Est-ce que je ne me suis pas réfugié derrière la mort de mon ami pour abandonner ? N'aurais-je pas dû reprendre le flambeau, au nom de cette amitié ?

Je ne me suis pas montré persévérant. Je n'ai pas insisté. Très vite, les petits agréments de la vie de salarié ont pris le dessus. Et puis le temps. Quand j'ai occupé un poste à la banque, je n'ai plus trouvé l'espace créatif suffisant. Je me suis senti incohérent. Comment se prétendre radical et ne pas consacrer cent pour cent de son énergie à son art ? Je comprends aujourd'hui le sens de cette expression : perdre sa vie à la gagner.

*

Dans l'après-midi, j'ai misé sur cinq matchs et pronostiqué la combinaison gagnante. Elle me rapporte un peu plus de six cents euros. Je n'ai plus gagné autant depuis longtemps.

Entre l'épicerie et mon appartement, je passe régulièrement devant le « Bar des sports », un bistrot de quartier dont je n'ai jamais poussé la porte. J'entre dans le bar désert, m'accoude au comptoir et commande à boire. Quand je relève la tête, je constate que le décor n'est pas aussi suranné que la devanture le laissait supposer. Des collages clinquants, un peu kitsch, tranchent avec le badigeon jaune délavé sur le mur.

Je passe commande d'une deuxième bière, bientôt d'une troisième. Les premiers clients s'immiscent en ordre dispersé. Je converse avec le patron. J'apprends qu'il s'appelle Afid, qu'il est kabyle, poète à ses heures. Et qu'il partage son temps entre l'Algérie et la France. Afid s'absente quelques minutes pour changer le fût.

J'attrape un journal qui traîne sur le comptoir. En parcourant la une, j'ai le regard attiré par un titre en gros caractère : « Le système bancaire au bord du gouffre ». Intrigué, je me mets en quête de l'article auquel ce titre renvoie. Je lis, avec avidité, une double page dans la rubrique « actualités » Il apparaît que les actifs pourris, ceux dont parlait Guy Monnet à la dernière convention de la banque, sont loin d'être des produits financiers isolés. D'après le journaliste, on en découvre, au fil des jours, des quantités d'autres dissimulées dans des agencements sophistiqués, des montages en cascade, en poupées gigognes. Dans l'article, l'expression « jouer à la roulette » revient à plusieurs reprises pour qualifier le comportement de la grande majorité des établissements bancaires. Le journaliste parle aussi d'un vent de panique qui souffle dans les sphères économiques. Les États se disent prêts à renflouer les banques pour éviter les faillites.

Pas si bête. Comment n'y ai-je pas pensé plus tôt ?

Je pourrai, moi aussi, demander à l'État de financer mes paris. Ou de me renflouer en cas de perte.

En refermant le journal, je reste interdit, pensif. Puis, soudain, je suis secoué de spasmes. Qui se muent en fou rire. Si je paye des impôts cette année, l'argent servira à rembourser les dettes de jeu de la banque qui m'a viré pour avoir joué. Une nouvelle qui me laisse rêveur le reste de l'après-midi.

En début de soirée, les allocataires de minima sociaux, les chômeurs et les retraités sont rejoints par les travailleurs du quartier. Des artisans mais aussi des employés de bureau, des professeurs, des auto-entrepreneurs et des commerçants. L'ambiance du « Bar des Sports » tourne au festif. Les choix musicaux d'Afid, un mélange de tubes soul, rap et raï, n'y sont pas étrangers. J'offre quelques tournées et me fais rapidement des amis. Je sors à plusieurs reprises sur le trottoir partager un joint en compagnie d'un thanatopracteur et de deux webmasters. À la fermeture, quand tous les clients se dispersent, je danse seul, dans la nuit, une dernière bière à la main. Puis je m'assieds sur le trottoir près du rideau de fer tiré. Monte du caniveau une colonne de fumée, à peine plus élevée que mon regard, puis un chant triste, une voix, sans doute la mienne et quelque chose passe encore tout près, je m'endors. Un peu plus tard, je suis réveillé par les hurlements d'un chien errant, des cris qui me glacent d'effroi. L'animal s'éloigne enfin, poussant sa douleur jusqu'au coin de la rue. Vers trois heures, saisi par le froid, je me relève. M'accroche à un lampadaire et trouve enfin la force de tituber jusque chez moi. Les esprits du sommeil m'aident à traverser ce qu'il reste de la nuit.

Le lendemain, vers quinze heures, je traverse un brouillard humide, étal, fondu dans l'air. Je pousse la porte du « Bar des Sports », salue Afid et m'installe sur un des grands tabourets, devant le comptoir. Je dégaine mon téléphone pour consulter les sites de pronostics. Y découvre un texto non lu.

« Aimerais boire un verre à l'occasion pour poursuivre la discussion d'hier soir. Ramona. »

Le message est arrivé dans la matinée. Suivent un numéro de téléphone et une adresse en banlieue nord.

Je reste perplexe. Dans ma mémoire, passé vingt et une heures, la soirée n'est plus qu'un brouhaha flouté. Au bout de quelques minutes d'effort, parmi les visages qui s'agitent dans l'eau trouble de mes souvenirs, je réussis à faire émerger une figure féminine. Mais je suis incapable de me rappeler les traits de la fille en question. Ne me revient qu'une impression, agréable, le sentiment d'un partage. Il me semble que les mots « même longueur d'onde » pourraient qualifier l'échange. J'ai discuté avec cette fille. Mais de quoi ?

Cette vision aiguise ma curiosité sans qu'aucun détail supplémentaire ne me revienne. Je rédige un texto :

« Avec plaisir. Je suis libre en fin d'après-midi. Où veux-tu que l'on se retrouve ? »

À peine ai-je eu le temps de commander une nouvelle bière que mon téléphone vibre.

« Passe à la maison vers 18 heures, si tu veux. Comme ça, je te montrerai. »

*

À la sortie du métro, je dépasse les boutiques de produits exotiques, exhalaisons puissantes, goyaves de Chine, curubas, dattes et viandes faisandées sur les étals. Tourne au coin d'une rue et enjambe une assemblée de vieillards allongés sur des paillasses posées à même le trottoir. Leur rends timidement leur salut, puis traverse une petite place arborée pour enfin m'engouffrer sous un porche. C'est là. Le bâtiment doit dater de la fin du dix-neuvième siècle. Et a dû connaître des rénovations récentes. Une fois devant la porte de Ramona, mon esprit percute. Il émane de l'intérieur une odeur que je connais bien, un mélange de résine, de dissolvant et de peinture acrylique. Je sais de quoi nous avons parlé la veille, ce qu'elle veut me montrer. J'observe à nouveau autour de moi. Une friche industrielle redécoupée en ateliers d'artistes. J'hésite, la tête me tourne. Je suis resté au bar l'après-midi entière à vider bière sur bière. Je me sens émoussé par l'alcool. Dans le ciel, au-dessus du bâtiment, filent des nuages d'un bleu éteint et plus loin, à l'horizon, derrière les masses de béton cru, toute la lumière vire orange. Mon regard se brouille. Me sens trop lent, émoussé mais relève la tête. Ne vois pas comment faire autrement.

— Salut, entre.

Lorsque je l'embrasse du regard, une partie de nos échanges me revient en mémoire. Mais je suis incapable de me rappeler ce que je lui ai raconté exactement. L'ivresse peut me rendre volubile. Je suis inquiet.

Physiquement, Ramona ressemble à Betty Boop, mais en blonde. Pas très grande, un visage rayonnant, une bouche en cœur, une silhouette tout en courbes. Difficile de lui donner un âge. Je jurerais qu'elle n'a pas dépassé la trentaine.

Dans l'appartement-atelier, les murs sont couverts de toiles de grande et même de très grande taille. Il y a aussi une mezzanine où l'on distingue d'autres tableaux empilés. Diffusé par des enceintes reliées à un ordinateur, un morceau d'*Acme*, un album des New-Yorkais du Jon Spencer Blues Explosion.

Quelques minutes plus tôt, devant la porte, je craignais de devoir commenter des croûtes. Je découvre une peinture remarquable. Plus j'observe les toiles, plus je les trouve envoûtantes. Il y a un motif récurrent, une petite maison qui apparaît dans chacun des tableaux. Cette maison minuscule baigne dans un arc de lumière des plus inquiétants. Perdue dans la toile, menacée par des empâtements qui l'encerclent, insistent de toutes parts, la maison semble inaccessible, tache floue qui s'épuise et revient, comme flottant au milieu du néant.

Ramona n'a que de l'alcool fort à me proposer. J'accepte. Je commente ensuite les tableaux. Je suis surpris de m'entendre à ce point précis, convaincant, la sens touchée par mes louanges. Elle se confie, me parle de ses projets artistiques. Me raconte brièvement sa vie. Son arrivée à Paris, à l'âge de vingt-deux ans, après avoir suivi les cours de l'Académie des beaux-arts de Bucarest. Les petits boulots pour survivre, la difficulté de trouver des lieux pour exposer. Elle parle avec un léger accent, ce qui ajoute à son charme. Je me sens bien en sa compagnie. J'allonge les jambes, me détends, cherche à deviner la trajectoire de ses pensées. Ce qu'elle murmure, chuchote, ce qui s'épanouit dans sa voix, une musique qui transporte, à la fois banale et singulière.

— Tu me montreras ce que tu fais ? Dans quelle galerie tu m'as dit que tu exposais en ce moment ?

Je reste interdit. Un nouveau déclic dans ma mémoire. Je me suis fait passer pour un peintre installé. Le deuxième verre de whisky que je lampe manque de me rester en travers de la gorge. Je m'étrangle et tousse violemment. Je me sens ridicule. On ne donne pas son numéro de portable après de tels mensonges. J'ai honte. Je panique.

— Désolé, faut que j'y aille.

Je pose mon verre. Me lève précipitamment en direction de la porte. Ramona tombe des nues.

— Richard, ça va ? Tu es malade ?

— Je t'appelle.

— J'ai dit quelque chose qu'il ne fallait pas ?

Je détale à grandes enjambées. Je sais que Ramona est derrière moi, qu'elle me suit des yeux. Mais je ne me retourne pas.

Ramona laisse ensuite trois messages sur mon répondeur en s'inquiétant de ma santé. Dans un texto, un peu plus tard, je lui raconte qui je suis, quelle profession j'exerce. Et surtout, lui avoue que je n'ai pas touché un pinceau depuis plus de dix ans. Je m'excuse, platement. Conclus en la félicitant et l'encourage dans son travail. Insiste sur la sincérité de mes commentaires relatifs à ses œuvres.

Je ne reçois pas de réponse.

En m'allongeant sur le lit ce soir-là, vient une vision de manteau neigeux, de paysage montagneux. À l'horizon cotonneux, une forêt de conifères aux cimes étincelantes, les pointes tranchantes, aveuglantes. Je tourne sur moi-même. Tout est vierge. Je sais qu'il suffirait de franchir l'une de ces crêtes pour apercevoir, au loin, l'océan derrière la brume. Mettre un pas devant l'autre, avancer vers la mer, suffirait à me rassurer. Mais il faut prendre une décision et j'en suis incapable. Tout, dans mon corps, se fige. Je reste immobile, en proie à un atermoiement sans fin. Seules les morsures du froid. Et un profond sentiment d'isolement, de solitude.

AVRIL

Malgré la couche de crasse sur les vitres, tous ces miasmes agglutinés que je n'ai pas cru utile de déloger, les fragiles rayons d'un soleil hivernal se faufilent jusqu'à mon lit. Je me lève, pianote sur le clavier de l'ordinateur, consulte les pronostics et place les paris du jour. Je verse le reste de café chaud dans le Thermos, prêt pour une nouvelle journée de marche. Mais lorsque j'essaie d'enfoncer le pied dans ma chaussure de sport, la semelle me reste dans les mains. Je pourrais sortir et m'acheter une nouvelle paire. Mais je n'en fais rien. Je me recouche et somnole le reste de la journée. Contemple le plafond, en scrute les détails. J'observe les recoins où la peinture se décolle. Il y a aussi cette longue lézarde qui traverse la pièce, d'un mur à l'autre, qui plonge vers la fenêtre. Profonde par endroits, elle a quasiment disparu quelques centimètres plus loin. La ligne brisée qu'elle dessine est le fruit du hasard. Mais il existe une logique dans l'évolution du bâtiment, dans l'avancée de sa décrépitude au fil des ans. L'immeuble glisse d'une poignée de millimètres chaque année. En étudiant la manière dont il oscille imperceptiblement sur ses fondations, on pourrait prédire l'évolution de cette lézarde et la forme exacte qu'elle prendra dans les années qui viennent. Prévoir où d'autres fissures vont se former.

Combien de temps l'édifice mettra-t-il à tomber en ruine ? Il faut tenir compte de nombreux paramètres, d'un nombre incalculable de variables. Des aléas comme la météo, la robustesse des immeubles alentour ou le champ tellurique sur lequel le bâtiment est élevé. Il faut intégrer la volonté de ses propriétaires actuels et futurs de le conserver en bon état. Aussi envisager la perspective qu'émus par les signes avant-coureurs de la catastrophe, ils choisissent de jouir du spectacle, d'assister à sa lente putréfaction.

Je me lève en fin d'après-midi et m'installe près de la fenêtre. Au-dessus de l'immeuble d'en face, j'aperçois de grosses masses grises qui convergent, rabattues par un vent violent. Des corneilles cherchent abri avant la tempête. Je ne les ai jamais vues chasser de cette fenêtre. Ces corneilles-là se contentent des charognes qu'elles dénichent dans les embrasures du bitume, autour des poubelles du quartier. Il y a bien des pigeons plus bas, dans les arbres, mais la rue n'offre pas d'espace suffisamment fermé pour qu'elles élaborent un stratagème similaire à celui que j'observais dans mon ancien appartement. Ici, de nombreuses issues s'offrent aux proies potentielles. Le stratagème des corneilles ne fonctionne qu'en espace clos. Elles attaquent des pigeons qui se sont eux-mêmes piégés, s'imaginant en sécurité dans une cour fermée. Quatre murs qui se révèlent, au final, un refuge sans échappatoire.

*

Les boîtes aux lettres de mon immeuble ont été vandalisées. Quelqu'un s'est introduit dans le hall et les a méthodiquement fracturées. Peut-être le casseur espérait-il y trouver un objet de valeur. Mais l'idée qu'il s'agisse d'un geste gratuit, casser pour le plaisir de casser, n'est pas non plus à exclure. Je suis surpris en trouvant, sur les premières marches de l'escalier, des enveloppes à mon nom. Une lettre où je reconnais l'écriture de Karine. Et une deuxième qu'elle m'a fait suivre. Un voisin a dû récupérer le courrier dispersé dans le hall et l'empiler sur les premières marches. Chaque tas est destiné à un des locataires et le mien ne se compose que de ces deux lettres.

De retour dans l'appartement, j'ouvre la première enveloppe, celle sur laquelle j'ai reconnu l'écriture. Elle contient deux dessins. Le premier déborde de taches de couleur au pastel et d'étoiles à l'encre dorée. Il est signé « Julie » avec un petit cœur rouge au-dessus des pattes de mouche. Le deuxième, une aquarelle, représente un arbre qui plie dans la tourmente. Le sol est jonché de feuilles mortes et des éclairs tombent d'un ciel gris noir. Malgré les éléments déchaînés, de grandes fleurs jaunes et bleues poussent au pied de l'arbre. Il est signé « Émile qui t'aime ». L'enveloppe ne contient rien d'autre. J'accroche les deux dessins au-dessus de la petite table qui me sert de bureau, près de la fenêtre.

J'ouvre ensuite la deuxième enveloppe, celle que Karine m'a fait suivre. Il s'agit d'un relevé de compte de la Caisse d'Épargne à mon nom. Ce compte a été ouvert par mes parents il y a longtemps, quand j'étais encore enfant. Un de ces comptes auquel on souscrit à l'arrivée d'un nouveau-né et que l'on alimente à l'occasion d'un anniversaire ou de Noël. J'en avais complètement oublié l'existence. J'extirpe le contenu de l'enveloppe avec fébrilité. Deux mille sept cents euros. C'est inespéré. Les services de Pôle Emploi sont engorgés. Mon dossier n'est toujours pas traité et l'arrivée des allocations chômage s'en trouve différée. Je suis fauché. Je demande le versement de la somme sur mon compte de pari, l'intégralité. On est lundi et le virement mettra deux ou trois jours avant d'être effectif.

La somme apparaît sur mon compte le jeudi, mais je la conserve intacte jusqu'au samedi suivant. Je me délecte de cette puissance de jeu retrouvée.

Ce regain d'énergie me fait penser à Ramona. J'ai quelquefois ressassé le scénario catastrophe de notre rencontre. Ramona, son atelier et sa peinture viennent me hanter régulièrement l'esprit. Je trouve le courage de lui envoyer un texto. Je demande de ses nouvelles. Si elle accepterait que l'on se revoie.

Je profite du reste de la semaine pour mettre de l'ordre dans mes pensées, une plongée dans des corridors déserts, d'immenses salles d'attente vides, en enfilade. Je n'arrive pas à distinguer le moment où j'ai cessé d'être enfant ou adolescent. Comment je suis devenu adulte. Je ne discerne plus les étapes du processus, aucune frontière réelle ou symbolique que j'aurais eue à franchir.

Je repense à Thomas. Et je me prends à l'envier. Je me prends à envier les gens qui n'ont rien trahi. Très tôt dans la vie, si on a un peu de sensibilité, on a compris. Et on a le choix. On peut décider de mettre un terme à tout ça, de faire place nette ou de s'adapter, de jouer le jeu.

Je repense à la partie de baby-foot dans le bar du 18e arrondissement. Un de mes moments les plus heureux depuis des mois. Rejoindre Manolo et Pierre ? Adopter leur style de vie ? Mes deux camarades de lycée ont choisi une voie bien à eux. Ils vivent des minimas sociaux agrémentés de petites combines. Ils ne sont pas propriétaires de l'endroit où ils habitent. Et ne le seront jamais. Ils ne sont pas mariés avec la plus belle fille de la classe. Et ils ne se marieront sans doute jamais. Ils ne mangent pas dans les restaurants gastronomiques dont parlent les magazines. Ils ne conduisent pas les 4x4 rutilants que l'on y voit en publicité. Ils refusent d'appartenir à la classe moyenne ou supérieure, de grimper aux barreaux de l'échelle sociale. De jouer un jeu auquel ils ne croient pas. Ils ne font pas semblant.

Je refais défiler ma vie, me sens coupable, coupable d'avoir cautionné trop de choses sans y croire. Une femme, des enfants, un appartement, un emploi à la banque. Je me suis menti à moi-même. Et j'ai accrédité mes propres mensonges.

*

Samedi soir.

Je m'installe devant l'ordinateur, me connecte au site de paris. Consulte les pronostics et prends un gros risque. Une cote à quatre contre un.

Ce matin, Ramona a répondu à mon message. Elle est disposée à une rencontre. Elle a mis deux jours à répondre. Je me demande quelle conclusion en tirer. Le ton du texto est froid, distant. Elle propose un rendez-vous en terrain neutre, comme un retour à la case départ. Un verre à l'occasion chez Afid. Il y a de l'espoir même s'il paraît ténu.

Dans l'après-midi, j'ai consacré mes derniers euros à l'achat de matériel de peinture. Toiles, couteaux, brosses et tubes acryliques. Je me suis imaginé peindre une toile pour Ramona. Le noir pigmenté de la mer, une nuit sans étoile, avec le blanc laiteux de la queue d'une baleine insaisissable, un tableau que j'intitulerai *Océan–Muraille–Épiphanie*. En rentrant, j'ai entreposé tout le matériel à même le sol, contre le mur, sans le déballer.

Je suis debout devant l'ordinateur. J'ai, au préalable, ouvert la fenêtre en grand. On est au milieu du mois d'avril, mais des flocons de neige recommencent à tomber. La température extérieure ne doit pas dépasser les trois degrés. Je pourrais profiter de la mi-temps du match pour enfiler un pull et des chaussettes plus chaudes. Mais je n'en fais rien.

Le temps réglementaire de la rencontre sportive s'achève. Il reste quatre minutes de temps additionnel. J'ai misé sur la victoire des visiteurs. Le score est de deux buts partout. Quatre minutes pour que les visiteurs marquent un but. Et que j'empoche plus de dix mille euros. Je m'approche de la fenêtre. Les flocons ont recouvert la rue, l'immeuble en face disparaît sous une mince pellicule blanche. J'ai froid. Un vent glacé s'est levé et tourbillonne. La température a dû passer sous la barre du zéro. Les rares passants, quatre étages plus bas, cherchent à se prémunir des assauts du vent en rafales. Ils resserrent leurs manteaux pour empêcher les courants d'air de s'infiltrer, trottinent pour se mettre au plus tôt à l'abri.

Sur l'écran, au-dessus de la fenêtre de pixels où défile la retransmission du match, le chronomètre passe dans le rouge. C'est la dernière minute. Le score n'a toujours pas évolué.

Si le pari ne rentre pas, j'aurai tout perdu. Je serai sans argent, sans recours financier. Je ne posséderai plus rien.

Sans attache. Léger comme jamais je ne me suis senti. Démuni, au point de méconnaître l'homme que je suis devenu. Ignorant ce qui a survécu de cette vie ancienne faite d'assurance, de routine et de devoir. Sans plus savoir de quoi nourrir mon âme moribonde et la vacuité de mes jours.

Et j'attendrai là, comme hors de portée, ouvert à toutes les formes du froid, à scruter cette immensité blanche qui s'étend sur les toits en face et derrière encore. Aussi loin que porte mon regard. Et peu à peu, sans plus la peur du vide, une fois ravalée cette tristesse, toute cette douleur et toute cette honte, je chercherai un fil à saisir, un fil à tirer pour revenir au monde et en contempler à nouveau l'inclinaison, les moindres battements du temps et tous les tremblements de l'air.

Alors comme suspendu, relié à la terre par ce fil si ténu qu'il me faudra l'enrouler autour du corps, m'y arrimer de quelques nœuds suffisamment serrés pour rester et tenir de ce côté de la fenêtre.

Ou viendra une force sans compensation, sans contrepoids, l'impérieux désir de défier, après les lois de la probabilité, celles de la pesanteur.

PAPIER À BASE DE FIBRES CERTIFIÉES

Le Livre de Poche s'engage pour l'environnement en réduisant l'empreinte carbone de ses livres. Celle de cet exemplaire est de :
300 g éq. CO_2
Rendez-vous sur www.livredepoche-durable.fr

« Pour l'éditeur, le principe est d'utiliser des papiers composés de fibres naturelles, renouvelables, recyclables et fabriquées à partir de bois issus de forêts qui adoptent un système d'aménagement durable. En outre, l'éditeur attend de ses fournisseurs de papier qu'ils s'inscrivent dans une démarche de certification environnementale reconnue. »

Édité par la Librairie Générale Française - LPJ
(58 rue Jean Bleuzen, 92 170 Vanves)

Composition Nord Compo
Achevé d'imprimer en novembre 2021 en Espagne par Liberdúplex
Dépôt légal 1re publication août 2021
68.5626.8/ 04 - ISBN : 978-2-01-716427-2
Loi n° 49-956 du 16 juillet 1949 sur les publications destinées à la jeunesse
Dépôt légal : novembre 2021